LE DERNIER TÉMOIN

PIET LEGAY

LE DERNIER TÉMOIN

LES DOSSIERS MAUDITS — 3

COLLECTION ANTICIPATION

FLEUVE NOIR

6, rue Garancière - Paris VIe

ISBN 2-265-03631-5

LES DOSSIERS MAUDITS

La vérité n'est pas officielle : elle est universelle.

Au fil des siècles d'immenses erreurs ont été commises que des générations d'hommes et de femmes ont payé de leur sacrifice ; depuis l'Antiquité d'impensables révélations, d'incroyables connaissances ont été étouffées sous la loi du silence. Des civilisations sont nées, ont brillé d'un éclat inconnu et ont été englouties dans l'oubli. Des contacts ont eu lieu avec d'autres entités mais leurs traces soigneusement effacées de la mémoire collective des peuples.

Aujourd'hui certaines archives s'ouvrent enfin. Des pans de VERITE, enterrés sous le sceau du secret pour rejeter dans l'ombre de l'oubli éternel les tragiques erreurs de l'Histoire tombent sous les yeux incrédules de chercheurs...

On les appelle : LES DOSSIERS MAUDITS.

P. LEGAY

CHAPITRE PREMIER

— Le voilà ! Le voilà !

Stanek Mills poussa un vrai barrissement de joie lorsqu'il localisa enfin un monstrueux space-tanker aux couleurs de la Spacomac — le *Swallops* — une vieille épave dont on se demandait encore comment elle n'explosait pas à chaque changement d'orbite. Mais pour lui, c'était le plus beau vaisseau qu'il ait jamais vu, la fin du cauchemar, la sécurité... la vie !

Depuis sept heures déjà il dialoguait avec l'équipe de transmetteurs du *Swallops* et ceux-ci connaissaient tout de leur effarante situation, et savaient qu'ils allaient recueillir une navette Trident quasiment en perdition.

— Vous devriez nous voir maintenant, annonça une voix... Maintenez le spot exactement au centre de l'écran d'approche... Droit devant vous devriez apercevoir nos gyrophares.

Mills se mordit les lèvres. Cela faisait sept heures maintenant qu'il poursuivait ce petit point lumineux qui pulsait sa lumière verdâtre sur l'écran radar et celui-ci semblait reculer au fur et à mesure qu'il s'enfonçait dans le vide sidéral, comme s'il voulait l'entraîner au fin fond de la nuit cosmique.

Là d'où l'on ne revient jamais.

Mills écarquilla ses yeux rougis par une trop longue veille.

— Par Belpor, c'est un vaisseau fantôme ou quoi ? Il y a belle lurette qu'on aurait dû l'apercevoir... lâcha-t-il, de plus en plus angoissé au fur et à mesure que le temps s'écoulait.

Phrya, recroquevillée dans son fauteuil anti-g, ne disait plus rien. Après la joie frénétique qu'elle avait ressentie lorsque enfin une voix avait répondu à leurs appels de détresse et résonné joyeusement dans tout le cockpit, elle s'était murée dans un silence absolu.

Peut-être ne croyait-elle plus au miracle...

— Rien à faire, je ne vous vois pas !

— Mais c'est incroyable : nous sommes illuminés comme un arbre de Noël ! Tout ce qui peut cracher de la lumière en extérieur a été branché sur l'ordre du commandant ! On bouffe une énergie folle !

La gorge sèche, Mills serra les dents.

La navette fonçait toujours sur sa trajectoire rectiligne. Après l'accélération initiale, Mills en avait programmée une autre de trois minutes, dans sa hâte d'échapper à l'orbite de Cygnus-la-Maudite et de traverser le flux commercial de Procyon.

Il savait qu'il allait trop vite, beaucoup trop vite. Mais qu'importe ? Au moins maintenant, quelque part dans la nuit absolue, il y avait un homme, et d'autres aussi, qui lui parlaient et écoutaient sa voix.

— Rien à faire, je suis aveugle...

— Ou vous ne savez pas regarder...

Une voix inconnue jusqu'alors lança sourdement :

— Dites-lui de zoomer le C.S-4.

Le transmetteur reprit aussitôt (Il semblait très proche tout à coup.) :

— Branchez votre C.S-4, pas de problème, vous devriez nous voir comme le nez au milieu du visage : vous êtes à moins de 18 000 mètres de nous maintenant.

Stanek Mills cogna du poing contre l'accoudoir de son fauteuil-coquille.

— Désolé, je ne sais pas ce qu'est un C.S-4 !

Sa réponse parut plonger ses invisibles interlocuteurs dans la consternation la plus totale.

— Alors dans ce cas vous êtes aussi myope qu'une taupe...

— ???...

— Quelle est la version de votre Trident ? Un K ou un S ?

— K, je crois, souffla Phrya, j'ai vu cette lettre près des patins d'atterrissage avant d'embarquer.

— K ! répéta Mills.

— Alors inutile de se fatiguer, renvoya un spécialiste, les Tridents-K n'ont pas de radar d'interception... Comment allez-vous faire l'accrochage ? En visuel ?

Mills, qui sentait la sueur inonder ses vêtements, s'énerva :

— L'accrochage ! L'accrochage ! Encore faudrait-il pouvoir vous voir !

— Sûr, à la vitesse où vous vous êtes lancés vous nous verrez passer comme une comète !

Une autre voix, rocailleuse celle-là, ordonna :

— Commencez votre décélération, vous allez beaucoup trop vite ! Affichez au moins 6 g négatifs !

Mills arqua les sourcils. 6 g négatifs, c'était absolument énorme. Il connaissait parfaitement les conséquences d'une décélération de cette intensité sur le corps humain : gêne respiratoire avec respiration diaphragmatique, tachycardie à 140 et éclatement des petits vaisseaux à la périphérie de la peau dorsale...

— 6 g ? Vraiment 6 g ?

— Oui. Et tout de suite ! Est-ce que vous vous rendez compte de la vitesse que vous faites actuellement ?

Mills secoua la tête. La vitesse ! La vitesse ! Qu'est-ce que ça voulait dire la vitesse ? Lui il avait l'impression que la navette était totalement immobile dans l'espace infini. Et ça depuis quarante-sept heures d'enfer.

— Entendu... 6 g négatifs...

Il plaqua ses mains sur le tableau de positionnement des déviateurs, fit pivoter ceux-ci en rétroposition, enclencha la barre d'intensité de flux sur 6 et tourna la tête vers Phrya.

— Sangle-toi ! A cette cadence on risque de traverser le pare-brise ! Dingues ! Ils sont dingues !

— C'est vous qui êtes dingues, renvoya la voix rocailleuse, ça fait au moins quarante minutes que vous auriez dû entamer votre décélération... Est-ce que vous ne savez plus lire un écran d'aide à la navigation ?

— Je vous ai déjà dit que je n'étais pas le pilote de ce foutu Trident ! rétorqua Mills, les dents serrées.

— Alors, ça vient cette décélération ? Je vous signale que vous foncez droit sur nous ! Vous jouez les torpilles ou quoi ?

Mills vérifia le harnais qui le plaquait à son siège et connecta les six tuyères de manœuvre ; il se produisit une sorte d'explosion sourde et le module, lancé comme un projectile de fronde en plein espace, parut buter sur un invisible filet. Le freinage, tout d'abord progressif, se fit de plus en plus intense au fur et à mesure que les secondes s'écoulaient. Mills, tout comme Phrya, eurent bientôt l'impression que leurs yeux s'apprêtaient à jaillir hors de leur orbite, que leur corps, irrésistiblement attiré vers l'avant, allait s'arracher de leur siège pour s'encastrer dans les consoles de télépilotage.

— ... Enclenchée... haleta Mills... 6 g!... Bon sang, j'étouffe...

Il avait la sensation que sa poitrine se vidait de son air exactement comme s'il s'était expulsé dans le vide.

Soudain une lumière rouge accompagnée du klaxon d'alerte :

— *Attention collision deux minutes... Attention collision une minute cinquante...* scanda la voix synthétique.

« ... Il n'y a pas à dire, songea Mills, il est bien droit devant et je ne le vois pas... Par les hydres de Talmos, jamais je ne réussirai à m'accrocher à ce spacetanker... »

Tout vibrait et trépidait dans le Trident devenu sonore comme un gong. Quelque chose se décrocha dans la soute et ripa longuement sur le plancher avant de s'immobiliser avec un bruit mat.

Phrya, à demi éjectée de son fauteuil, le buste irrésistiblement attiré vers l'avant par le poids de sa tête, paraissait s'être recroquevillée tandis que ses ongles griffaient les accoudoirs pour s'y cramponner.

« ... Dix secondes... Vingt secondes... Ça n'en finit pas », songea Mills le cœur au bord des lèvres.

— Attention, Trident ! Votre décélération est insuffisante !

« Vous cherchez à nous tuer ou quoi ? » pensa Mills sans répondre, trop occupé qu'il était à tenter de conserver les deux yeux ouverts. Alors pour la première fois il distingua le vaisseau des étoiles. Le spacetanker s'était fait plus brillant et grossissait sans cesse.

— Je... je vous vois ! articula-t-il avec peine... Ça y est, je vous vois !

Dans l'ampli du cockpit, car ses écouteurs lui avaient été arrachés par la formidable décélération, il entendit :

— Commandant, ce clown est un véritable danger vivant ! S'il continue comme ça, il va nous couper en deux !

Et une autre voix répondre peu après :

— Peut-être pas... Mais pas question qu'il fasse l'accrochage lui-même : il est bien capable de nous faucher toutes nos antennes au passage !

— Il faudra envoyer un de nos pilotes.

— Correct, Stumm, c'est bien ce que je vais faire. Et interdiction à ce type à la dérive d'approcher du *Swallops* à moins de dix bornes, c'est vu ?

Brutalement parvenues en fin de programme, les tuyères s'éteignirent. Mills inspira une grande bolée d'air dans le même temps qu'à côté de lui, Phrya retombait lourdement sur son siège.

— Ça alors ! s'exclama-t-il, mais ce vaisseau date de Mathusalem ! C'est un spacetanker de la première génération !

— Pourvu qu'il puisse nous recueillir à son bord, tu sais...

Au fur et à mesure que la distance s'amenuisait, les détails des superstructures de la vieille hypernef apparaissaient, ruisselant de lumière crue sous les projecteurs. La sphère avant qui concentrait toutes les œuvres vives du vaisseau brillait comme un œil géant au fond de l'Univers. Le reste du spacetanker ressemblait à une longue torpille boursouflée de bulbes ovoïdes. Plusieurs massifs d'antennes encadraient le radar dorsal et l'on distinguait deux petites navettes T-8 accrochées sur la zone de catapultage.

— Une ruine ! fit Mills... Mais à coup sûr la plus belle ruine que j'aie jamais aperçue !... Oui, une merveilleuse ruine...

Lorsqu'ils furent parvenus à moins de six mille mètres, ils discernèrent les rangées de hublots qui trouaient le noir cosmique de leur lumière pâle. Par effet d'optique, l'énorme spacetanker paraissait s'approcher de plus en plus vite du Trident et grossissait démesurément.

Brusquement, Mills renonça à toute manœuvre et secoua la tête, ce qui fit voltiger ses tresses noires.

— Non... J'en suis incapable ! Tout ce que je risque de faire est de me casser la gueule sur cette grosse baleine ! Je ne suis pas fichu de manœuvrer ce Trident en évolutions rapprochées, inutile de me leurrer !

« *Swallops ?* Ici Mills... Je suis infoutu de m'arrimer à vous ! »

A l'instant précis où, devenu énorme le spacetanker passait comme une falaise sous le ventre du Trident et disparaissait vers l'arrière, happé par la vitesse, la voix rassurante reprit :

— Dieu vous entende ! Depuis qu'on vous voit faire on a des sueurs froides !

Une autre voix aussitôt :

— Deux g pendant trente secondes sinon on va les retrouver à l'autre bout du monde, passez-leur ça !... Hé ! Chabbam ? Décollage d'un T-8 avec deux pilotes, prenez Swimpy et Roll... Je crois que Roll a déjà exercé ses talents sur un Trident.

Le silence. L'immense spacetanker aux soutes vastes comme des cavernes n'était déjà plus qu'un souvenir lorsque le transmetteur rappela :

— Trident ? On catapulte un T-8 pour vous récupérer. Collez-vous deux g négatifs pendant dix secondes, personne ici n'a envie de parcourir la moitié de la Voix lactée après vous !

— Deux g négatifs, entendu !

Une fois de plus Mills fit varier la barre d'intensité et provoqua l'allumage des six tuyères en position rétro. Cette fois, le freinage fut beaucoup plus progressif et les pulseurs s'éteignirent presque aussitôt.

Mills se tourna alors vers Phrya et lui dédia un immense sourire.

— Plus qu'à attendre maintenant... Par Belpor, c'est un enfer que je viens de vivre... Un enfer !

Le souvenir du vieux Bender et de ses cheveux blancs, de Stimer le *vrai* pilote du Trident et de Hoffer, le colosse, flotta un instant dans sa mémoire. Il n'avait qu'à fermer les yeux pour s'imaginer qu'ils étaient encore tous là, dans son dos, à bavarder dans la soute comme ils le faisaient toujours...

Mais la soute était vide maintenant. Définitivement.

Quant à ses compagnons, ils avaient perdu la vie et Cygnus perdu leur cadavre. Un effrayant mystère de plus...

— Qu'est-ce qu'on va leur dire ? chuchota Phrya comme si elle avait soudain eu peur du son de sa propre voix.

— La vérité ! quelle idée...

— *Quelle vérité ?*

Il haussa les épaules.

— On n'est pas tenu de donner des explications sur tout ce qui s'est passé, n'est-ce pas ? Tout ce que je sais c'est que nous étions une trentaine et que maintenant il n'y a que deux survivants : toi et moi. Le reste, je m'en fous ! Le Head Galactic Council enverra une commission d'enquête si ça lui chante, nous ce n'est plus notre problème...

— Le vieux Bender avait dit qu'Irkham...

— Laisse Irkham où il est... Du reste il est mort il y a un siècle.

Orientant l'une des têtes vidéos dans la direction du cosmotanker, terriblement lointain à nouveau, Mills venait d'apercevoir le bref flamboiement d'une navette en phase de catapultage. Pour le moment ce n'était qu'une perle lumineuse qui s'écartait avec une lenteur prudente des ponts de son vaisseau mère.

— Je me demande bien ce qu'ils transportent dans cette antique baleine ! lâcha Mills.

— En général les spacetankers c'est le minerai, non ?

Un air de doute s'imprima sur son visage.

— A l'origine, oui... mais depuis ! Ils trimballent n'importe quoi de relais spatial en relais spatial.

— Trident ! Trident ! Ici T-8 en approche, vous allez recueillir un pilote qui va vous ramener sur *Swallops !* Compris ?

— Entendu... Et je lui cède les commandes avec plaisir !

Le petit T-8 dont Phrya et Mills surveillaient la « montée » dans les vidéos périphériques expulsa deux longs jets de flammes et décrivit une orbe précise qui l'amena en arrière et légèrement au dessus du Trident.

Dix secondes plus tard, une écoutille circulaire s'ouvrit comme un diaphragme d'objectif, une forme blanche, presque lumineuse, s'en expulsa avec lenteur et fila un long serpentin d'azote derrière lui. Lorsqu'il fut trop près, Mills et Phrya le perdirent de vue mais entendirent le raclement de ses ventouses magnétiques sur la coque.

Mills fermait les yeux et souriait à demi. Pour la première fois depuis des centaines d'heures, il avait la quasi-certitude de rester vivant. Rester vivant ! Un miracle !

Dès que l'homme fut dans le sas grand ouvert, Mills provoqua l'abaissement de la trappe blindée. L'air fusa avec des sifflements de reptiles et un voyant passa au vert lorsque la pression fut équilibrée dans le cylindre.

Il fit jouer l'écoutille intérieure. L'homme apparut aussitôt, pataud dans son scaphandre T. Il était petit, trapu, et une barbe drue bleuissait son visage massif. Ses yeux vifs se posèrent avec une sympathie mêlée de curiosité sur Mills et Phrya.

— Bienvenue à bord, ironisa Mills... J'espère que vous savez driver cet engin de malheur.

L'homme s'installa aussitôt à la place de Mills.

— Mon nom est Roll ! J'en ai eu un entre les pattes pendant deux ans à l'époque où j'étais dans la Maintenance comme vous... Je n'en garde pas un souvenir ébloui.

— De la Maintenance ou du Trident ?

— Des deux ! Mon boss était un véritable négrier... et mon Trident datait de l'homme de Cro-Magnon !... Voyons ça...

Il posa à plat ses mains sur la triple rangée de claviers alphanumériques et resta un long moment immobile, attentif, pendant que le T-8 qui l'avait accompagné s'entourait de flammes pour rejoindre son vaisseau mère.

— Vous avez eu un sacré pot de vous en sortir, s'esclaffa le pilote, si comme je le crois, vous avez conservé la même trajectoire rectiligne depuis Cygnus III il s'en est fallu d'un cheveu que vous ne soyez capté par l'attraction de Procyon ! Et dans ce cas personne au monde n'aurait seulement osé penser venir vous récupérer... Avec ses astéroïdes fous, c'est le coin le plus pourri de tout l'univers connu ; même ces dingues de la Force Galactique ne s'y risquent jamais.

Phrya jeta à Mills un regard éloquent et ne put s'empêcher de frissonner rétrospectivement.

Roll n'avait pas menti. C'était réellement un chevronné du Trident. Il amena celui-ci en trois impulsions précises à la verticale de l'énorme spacetanker, le stabilisa avec soin et commença à descendre vers la cavité-réceptacle.

Les patins couinèrent sur leur vérin lorsque le lourd Trident prit durement contact avec le pont blindé. Tout aussitôt les tuyères de manœuvre s'éteignirent et leur sifflement vira de l'aigu au grave.

Phrya, qui n'était jamais venue à bord d'un cosmotanker, regardait, sidérée, la voûte blindée se refermer lentement, comme d'effrayantes mâchoires, effaçant les étoiles. C'était un vieux système de recueil qu'on avait abandonné depuis une cinquantaine d'années en raison du risque que faisait courir le module qui appontait à son vaisseau mère.

— Et voilà ! Pas plus difficile que ça ! triompha le pilote.

Mills lui dédia un regard plein de sympathie.

— Pas plus difficile que ça quand on sait se servir de tous ces machins... Moi je rafistolais des gyroscopes d'antenne de tracking... Chacun son boulot !

Il prit la jeune femme par le bras et l'entraîna à l'arrière de la soute, là où la trappe commençait automatiquement à se dévisser.

— Laisse-moi parler, Phrya, surtout laisse-moi leur parler... Je n'ai aucune envie de me faire considérer comme une bête curieuse ou un chien savant, lui souffla-t-il à l'oreille.

— Tu veux dire qu'il n'est pas prudent de tout dire ?

— Le vieux Bender avait parlé de la Vérité Officielle, non ?

— Je ne me souviens pas.

— Moi si ! Et c'est pour ça que Barham, que l'enfer ait son âme, est revenu assassiner l'équipe Kelmax ! Parce qu'ils avaient vu ce qu'il ne fallait pas voir !

La trappe circulaire se débloqua d'un coup. Mills se pencha pour la rabattre en arrière. Entre ses jambes il voyait, trois ou quatre mètres plus bas, les visages levés de ceux qui étaient venus les accueillir.

— Allons-y, murmura-t-il pour lui-même, c'est la fin du cauchemar...

Il descendit les quelques degrés enchâssés dans le blindage du spacemodule et prit pied à bord du *Swallops*, titubant un peu en raison de la gravité artificielle.

— Bienvenue ! articula un homme longiligne au visage ascétique et au crâne totalement chauve. Mon nom est Loman et je suis le commandant de bord de cette hypernef.

— Merci, commandant... Merci de nous avoir recueillis ! répondit Mills en serrant des mains à la ronde.

— Et voici Twinn, mon second, Rolmay, chargé des problèmes de fret et de transfert ainsi que Ragg et Holboor pour la sécurité, acheva-t-il avec un sourire contraint.

Phrya et Mills comprirent d'instinct que, même si ces deux hommes ne portaient pas leur sinistre uniforme noir à parements argentés, il s'agissait de gardes — tout comme Barham qu'ils avaient expulsé dans le vide alors qu'ils venaient juste de s'échapper du laboratoire maudit.

— Venez ! Venez ! Nous allons vous poser quelques questions de routine, ensuite... eh bien, je pense que vous n'aspirez qu'à une seule chose : dormir ! Ici vous êtes en parfaite sécurité.

Ils traversèrent la soute et pénétrèrent dans une longue coursive brillamment illuminée avant de poser le pied sur le tapis de transfert qui les amena sans effort à la tête de l'hypernef.

Mills n'avait pu s'empêcher de jeter un coup d'œil acéré aux deux gardes qui fermaient la marche. Ceux-ci avaient répondu du bout des lèvres à son sourire. Le premier, celui que le commandant avait appelé Ragg, portait un mince collier de barbe noire et le pli naturel de ses lèvres disait qu'il était du genre à rire lorsqu'il se brûlait, ce qui ne devait pas lui arriver souvent.

L'autre, Holboor, souriait toujours : un simple rictus.

Mince, avec un faciès en lame de couteau, ses yeux étaient d'une pâleur presque incroyable. Le genre de regard qu'on n'oublie pas.

Mal à l'aise, Phrya ne put s'empêcher de presser le pas pour coller à Mills qui marchait juste devant elle.

A la sortie du tunnel de transfert ils débouchèrent dans une sorte d'immense caverne et Mills s'immobilisa stupéfait. Il avait soudain l'impression que des milliers d'hommes et de femmes le regardaient. La plupart étaient couchés sur des filets de relaxation, d'autres jouaient au passflow, quelques-uns avec un soundvox écoutaient de la tétraphonie. Un infernal brouhaha s'élevait de cette foule inactive.

Loman se retourna, un sourire aux lèvres.

— Voilà notre cargaison !... Oh, je sais ce que

vous allez penser : ce n'est pas humain de transporter des hommes et des femmes dans ces conditions...

— Mais je ne pensais rien, commandant, lâcha Mills.

Des cris et des insultes résonnèrent quelque part vers le fond de la caverne de métal, il y eut deux ou trois bruits de coups, puis le chahut cessa. Une femme pleurait dans un coin, assise contre la cloison et la tête recouverte d'un voile de mylar.

— Mais si ! Mais si ! Vous avez certainement dû vous demander ce que transportait ce spacetanker... Eh bien non : ce n'est pas du minerai de sybellium. Finie cette époque bénie ! Maintenant on fait les poubelles des relais galactiques...

Loman jeta un regard plein de mépris à la marée humaine bourdonnante dans l'immense soute avant de pénétrer dans le puits anti-gravifique. Il se donna une impulsion du pied et commença à s'élever sans effort vers les étages supérieurs de l'hypernef.

Mills, qui s'était retourné pour voir si Phrya le suivait, comprit d'un coup la raison de la présence de ces gardes noirs pourtant rarissimes dans la Fédération. Des rixes devaient éclater à tout propos parmi ces immigrants désœuvrés et il devait suffir d'une étincelle pour transformer la soute en champ de bataille rangée !

— Oui, oui, ce n'est pas facile... Au moins avec le minerai on n'avait pas de pépin autrefois, fit Loman dont la calvitie brillait comiquement chaque fois qu'il passait à la hauteur d'un flood... Nous avons déjà eu sept morts depuis Phobos-Oméga-II.

— Sept morts ?

— Des accidents, paraît-il...

Comprenant qu'il ne désirait pas en dire plus.

Mills attrapa Phrya par le bras et l'aida à prendre pied au niveau du pont 8. Derrière une plaque fluorescente « Entrée interdite » s'ouvrait une écoutille blindée dont Loman provoqua le soulèvement avec son capteur optique.

Ils débouchèrent dans la sphère de télépilotage, toute bruissante d'ordres, de messages radio et du pépiement des centaines de computers.

— Allons, une simple formalité ! s'excusa Loman... Après vous pourrez faire tout ce que vous voudrez. Et croyez-moi, vous aurez le temps de vous ennuyer avant notre mise en orbite, monsieur... euh...

— Mills. Stanek Mills !

— C'est ça, Mills. Entrez donc !

Il s'effaça pour laisser Mills et Phrya pénétrer dans la sphère translucide qui était le cœur et le centre de décision même du vaisseau. D'ici, Loman recevait ses informations et donnait ses ordres.

Mills, en voyant sortir une longue banquette circulaire d'une cloison nota par instinct que tous les autres officiers que Loman lui avait présentés à son arrivée sur le *Swallops* n'étaient plus là, mais que par contre Ragg et Holboor, les deux Gardes Noirs, collaient à ses talons.

Il intercepta le bref regard que lui décocha Phrya et comprit qu'elle aussi venait de se faire la même réflexion que lui.

Dans leur dos la porte transparente coulissa avec un chuintement très doux et, bien que l'on pût parfaitement voir les techniciens affairés à leur poste sur plusieurs niveaux tout autour d'eux, le silence se fit d'un coup total.

— Asseyez-vous ! Asseyez-vous ! fit Loman en s'asseyant derrière un vaste bureau-clavier en demi-lune qui se rapprocha de lui et l'entoura dès que son poids fut analysé par les capteurs de son fauteuil, comme vous avez pu le constater nous faisons actuellement du transport d'émigrants... d'où la présence, qui n'a sans doute pas été sans vous surprendre de Ragg et de Holboor sur le *Swallops*. Vous savez, l'A.P.H.G. est extrêmement pointilleuse en ce qui concerne les transferts (1)...

Ragg, l'homme au sinistre collier noir, s'approcha de Mills, l'inévitable cylindre d'identification à la main. Cet appareil ressemblait un peu à un antique pistolet terrestre du XXe siècle, mais la ressemblance s'arrêtait là car sa fonction était d'analyser le quartz mémoire que tout humain se voit greffer dans son épaule droite dans les trente heures qui suivent sa naissance.

Il posa le testeur contre le tissu soyeux du justaucorps de Mills, mit l'appareil sous tension et quelques secondes plus tard une plaquette d'acétate comportant entre autres la filiation génétique de Mills jusqu'à la troisième génération s'éjecta de l'identificateur... Ragg tendit la plaque à son compagnon avant de procéder à la même opération sur l'épaule de la jeune femme.

— Simple contrôle de routine... Nous n'avons bien entendu aucune raison de mettre votre parole en doute, susurra Holboor d'un ton qui démentait totalement ses propos.

Il quitta la pièce avec le testeur et les deux plaques.

— Voulez-vous boire quelque chose ? proposa Loman pour chasser l'espèce de gêne qui s'était installée. Ou manger ?

Mais Mills et Phrya hochèrent la tête avec ensemble.

(1) *A.P.H.G. : Agence pour le Peuplement Harmonique de la Galaxie. Créée sur ordre du Suprême Conseil en 2032 elle contrôle les transferts d'immigrants et la mise en exploitation des ressources nouvelles.*

— Dormir ! Nous voulons dormir seulement... soupira Mills. Je crois bien que nous sommes au bout du rouleau...

— Il vous faudra certainement faire un rapport complet de ce qui s'est passé à la station Cyclops de Cygnus, rappela Ragg qui tripotait son collier d'un air préoccupé. La Fédération l'exigera et l'A.P.H.G. aussi certainement.

— Vous savez, modula Phrya qui cherchait à rester calme, on n'a rien à cacher ! Ce qui est arrivé est assez épouvantable comme ça !

— Pouvez-vous nous en dire quelques mots... demanda Loman, que je sache au moins quoi mettre à l'appui de l'hyperfréquentielle que je vais devoir envoyer à Phobos-Oméga-II dont je dépends ?

Mills poussa un long soupir épuisé et regarda Ragg dont les yeux semblaient s'être rétrécis, puis Loman qui l'observait avec une curiosité aiguë.

— Je faisais partie d'une équipe de Maintenance de la chaîne avancée des stations Cyclops... Le chef de cette équipe s'appelait Bender. Dexter Bender ! Nous nous étions décrochés d'une hypernef qui s'appelait le *Colossus* à hauteur de Cygnus...

Il marqua un temps d'arrêt, voulant se faire le plus concis possible.

— Lorsque nous sommes arrivés, il n'y avait plus personne pour nous accueillir... La station était déserte !

Loman, qui savait parfaitement ce qu'était une station Cyclops, toutes bâties sur le même modèle, c'est-à-dire un gigantesque blockhaus étanche abritant la survie humaine dans le vide absolu, se pencha en avant, arquant les sourcils.

— Comment ça déserte ? Où étaient-ils ?

Mills hésita avant de faire un geste d'incompréhension.

— Cygnus III était vide. Mes camarades et moi avons tout fouillé, le moindre silo d'habitation, le moindre recoin... Il n'y avait plus personne... plus personne...

— C'est fantastique !

— Et alors ? demanda le Garde Noir Holboor.

— Bender nous a mis au travail... Sur les antennes de tracking.

Mills consulta Phrya du regard... La jeune femme fixait le plafond qui, par projection vidéo, renvoyait l'image de la voûte céleste entourant le *Swallops*. Il comprit qu'elle ne lui serait d'aucun secours.

— Eh bien ! parlez ! lança Ragg impatienté.

Loman leva la main.

— Je vous en prie, ce n'est pas un interrogatoire... Je sais que leur histoire est proprement incroyable mais vous n'avez tout de même pas des suspects en face de vous !

— Bien sûr Bender a signalé ce qui se passait à Phobos-Oméga-II qui a dû le retransmettre au Head Galactic Council... Quelques U.T.U. plus tard, l'un de mes camarades est devenu fou !

— Fou ? répéta Ragg.

— Il s'appelait Pavel-Polov... Puis il y en a eu un autre : Hoffer. Alors on a appelé Terre une nouvelle fois par le relais de Phobos pour dire ce qui se passait. C'était terrible, gronda Mills, le visage fermé. Ils se battaient ou riaient... Prêts à s'embrasser ou à s'entre-tuer à chaque instant.

— Et Terre a répondu ?

— Oui : Les hommes du Conseil Suprême ont envoyé un Garde Noir.

Ragg se pencha en avant, littéralement suspendu aux lèvres de Mills.

— Et alors ?

— Il s'est suicidé.

Un silence. Phrya ne disait rien, les yeux toujours levés vers le ciel de velours.

— Vraiment suicidé ou vous l'avez suicidé ? demanda Ragg d'un ton incisif... Non, non, calmez-vous, je disais ça parce que vous me parliez de crise de démence... peut-être que...

— Désolé de vous décevoir : Barham s'est suicidé par dépressurisation. Alors Bender a compris que nous étions tous foutus si nous restions dans cette station et qu'on ne trouverait jamais la cause de... de tout ça. *Parce qu'elle nous dépassait tous !*

— Et il vous a donné l'ordre de partir, compléta Loman.

Mills hésita, cherchant ses mots. La présence du Garde Noir à ses côtés, et du regard inquisiteur qu'il faisait peser sur lui l'impressionnait plus qu'il ne voulait se l'avouer.

— Ensuite la folie a gagné les autres... Bender ne nous a pas donné l'ordre de partir, avoua Mills en baissant la tête : nous nous sommes enfuis. Mieux vaut une condamnation au parc de rééducation que périr fou à l'autre bout de l'Univers, non ?

Loman se mordait les lèvres. Il réfléchissait intensément. Au moment où il allait ouvrir la bouche, le maigre Holboor se profila en transparence derrière la cloison. L'écoutille coulissa et le Garde Noir entra :

— Stanek Mills et Phrya Rutherford ! Aucun problème à l'immigration... Mills, vous travaillez bien à la Maintenance et vous venez des chantiers spatiaux d'Altaïr et vous, miss Rutherford, de Phobos-Omega-II et vous êtes spécialiste du tracking des astéroïdes ; c'est pour ça que vous avez demandé à être affectée sur une station avancée.

Il prit alors conscience du silence et du visage tendu de Ragg, de Mills et de Loman et se tut.

— ... Voilà l'histoire, voilà toute l'histoire, conclut Mills. C'est à la fois incroyable et... et...

— Horrible, compléta Phrya.

— Je comprends, admit Loman... Et bien entendu vous n'avez aucune explication.

— C'est pour cela que nous avons fui, commandant... C'est parce qu'il n'y avait aucune explication rationnelle ! C'était ça qui était épouvantable : tout échappait à l'entendement humain...

— Bien ! Bien ! Holboor va vous conduire dans vos silos... Bien sûr, vous ne serez pas mêlés aux émigrants ; nous avons fait déménager deux spécialistes du bord pour vous libérer un silo chacun. Vous pourrez m'appeler quand vous voudrez : mon code de localisation est 067.

Mills et Phrya quittèrent le bureau derrière le Garde Noir sous les regards emprunts de curiosité de tous les techniciens en poste dans la sphère de télépilotage.

Restés seuls, Loman interrogea Ragg du regard puis murmura :

— Incroyable, n'est-ce pas ! En tout cas ils ont l'air secoués !

— Moi je crois surtout qu'il y a eu une rixe comme il s'en produit souvent dans ces stations avancées où ils vivent six mois terrestres confinés les uns sur les autres...

Loman, qui n'avait pas pensé à ça, ouvrit de grands yeux :

— Une rixe ?

— Une révolte ! Après quoi ils ont fait disparaître les corps... ensuite ils se sont enfuis !

Le visage de Loman se referma d'un coup et prit la densité du marbre.

— Vous ne raisonnez pas un peu trop en

policier, non ?

— Tout s'explique et tout s'est toujours expliqué, commandant. Qui sait au bout de quelles jalousies, de quelles disputes, de quel crimes, ce Mills a fichu le camp avec cette fille !

Loman secoua la tête.

— Je refuse d'envisager ça... C'est plausible ce que raconte ce type, non ?

Ragg secoua la tête.

— Non, commandant. Ça ne tient pas debout ! Vous avez eu devant vous les deux derniers survivants d'une révolte qui s'est finie en massacre. Et pourquoi ? Pour les beaux yeux de cette fille probablement...

— Ragg, ce ne sont pas des types de sac et de corde comme les immigrants que nous transportons en ce moment que vous avez vus, mais des techniciens du troisième cercle !

— Les hommes restent les hommes, n'est-ce pas ?

— Oui... et les Gardes Noirs des Gardes Noirs...

— Je vous en prie, commandant...

Phrya attendit quelques instants que Holboor se soit éloigné de son silo pour rejoindre Mills dans le sien et se réfugier dans ses bras. Elle enfonça ses ongles dans sa nuque, se haussa sur la pointe des pieds et écrasa ses lèvres sur les siennes dans un baiser désespéré. Le corps agité d'un bref tremblement, elle se sépara de lui, haletante ; ses yeux brillaient d'un éclat inaccoutumé.

— Stan ?... Oh, Stan ! Est-ce que tu crois qu'ils vont nous croire ?

Il l'enserra dans ses bras et enfouit son visage dans sa magnifique chevelure rousse qui croulait en lourdes vagues sur ses épaules.

— Qui peut savoir ?... Qui peut jamais savoir ?

— Est-ce... dis-moi, est-ce que tu n'aurais pas dû tout dire ?

— A ça aussi je ne peux pas répondre... Je me souviens seulement de ce qu'a dit le vieux Bender ! Cela je ne l'oublierai jamais...

Il la souleva, la porta jusqu'au filet de relaxation, se pencha sur elle et vit son regard chavirer lorsqu'il dénuda un sein tiède et palpitant. Il considéra un long moment la magnifique jeune femme, la força à s'ouvrir d'une main et s'enfonça en elle avec la sensation sublime de la violer un peu.

Elle accepta son étreinte et souleva ses reins pour qu'il prenne plus encore possession de tout son corps.

Un peu comme si elle voulait se prouver qu'elle était encore un être de chair et de sang.

CHAPITRE II

Assis sur un banc de pierre, Willoughby contemplait l'incroyable noria des stymphals dans le ciel mauve.

Ces étranges rapaces, aux allures de monstrueuses chauves-souris mais au vol élégant comme celui des aigles, tournoyaient à l'infini en poussant leur sifflement rauque. Il y en avait plus d'une centaine qui voltigeaient au-dessus de la grande cité-pyramide ; ils montaient verticalement à de vertigineuses hauteurs, sans effort apparent à cause de leurs ailes cartilagineuses, et se laissaient redescendre en virevoltant les uns autour des autres pour raser le sol et recommencer encore et encore.

Les ornithologues d'Altaïr n'étaient jamais parvenus à comprendre les raisons qui faisaient que les stymphals, à certaines époques de l'année, se rassemblaient ainsi pour ce fantastique ballet aérien, toujours au même endroit, toujours à la même date. Ballet d'amour ? Danse de parade ? Rien de tout ça : étant hermaphrodites, les stymphals ne vivaient pas par couples et se suffisaient à eux-mêmes.

Le reste de l'année ils vivaient, farouchement solitaires, dans les grottes des lacs Lookhar et défendaient sauvagement leur antre à quiconque essayait d'y pénétrer, fût-ce un de leurs frères de race...

— Magnifique ! Magnifique ! murmura Willoughby, jamais je ne me lasserai de ce spectacle, dussé-je vivre deux siècles !

Il regarda un stymphal, parvenu au sommet de cette vis sans fin que formaient les oiseaux, déployer ses ailes et se mettre à tourbillonner, calquant apparemment son vol sur celui de ses compagnons.

Willoughby regarda son chrono. Dans sept minutes, la séance recommencerait.

Il se sentait terriblement troublé. Pour la première fois de sa vie il se passait quelque chose en lui-même qui lui indiquait qu'il avait peut-être l'extrême chance de se trouver au carrefour d'un destin historique...

Pour la première fois il n'était plus en accord avec les autres, les Sages du Suprême Conseil. Incroyable !

Lorsqu'il entendit le pas rapide dans son dos, il ne se retourna pas. Il savait que c'était Demia. Deux fois déjà elle l'avait appelé depuis la veille...

Oh bien sûr, d'une manière totalement secrète...

Demia, lui-même et quelques autres Sages ainsi que quelques très rares Initiés éparpillés dans la Fédération, correspondaient ainsi dans le plus grand secret... Et il en avait toujours été ainsi.

Depuis les temps protohistoriques. Depuis les Egyptiens, depuis l'Antiquité, depuis l'Histoire d'Avant...

Il y avait toujours eu « les politiques »... et puis les autres, la face cachée de l'iceberg. Ceux que l'on ne voyait jamais ensemble et qui pourtant étaient unis comme les deux doigts de la main par un ciment plus fort, plus dur que n'importe quel lien : l'unité de pensée...

Depuis que le monde était monde il avait toujours été secrètement gouverné en sous-main par moins de cent hommes, Sages d'entre les Sages...

Il en était ainsi au temps des pharaons et il en était ainsi maintenant, en 2164, car il en serait toujours ainsi. De tout temps il y avait eu le pouvoir apparent et le pouvoir occulte. Le vrai...

Société secrète ? Bien plus que ça...

— Ah, Willoughby, je vous cherchais !

Celui-ci se retourna vers la vieille femme au visage totalement ridé. Elle devait bien avoir un peu plus d'un siècle.

— Avez-vous vu ces oiseaux, Demia ? fit Willoughby de son ton toujours onctueux. Je crois bien que je pourrais rester ici des heures à les contempler sans jamais me lasser... Ils ressemblent à ces tourbillons que soulève le vent brûlant du désert là-bas dans cet endroit de Terre dont je ne me souviens plus du nom... Asseyez-vous ! Asseyez-vous !

— Willoughby, je pense que nous n'avons plus le temps de discuter à perte de vue, rétorqua la vieille femme, sentencieuse ; la séance va reprendre dans quelques minutes. Avez-vous pris une décision ?

Il se leva du banc de pierre, prenant Demia par le bras pour l'emmener vers un arbre dont les feuilles sifflaient doucement dans le vent des montagnes.

— Demia, ma décision est prise, tout comme la vôtre, tout comme celle de nos Compagnons qui siègent dans ce conseil. Mais vous savez très bien que Waford ne nous suivra pas : il ne nous laissera même pas parler.

— C'est justement ! C'est justement ! Voulez-vous parler en notre nom à tous. C'est Pylar qui me l'a demandé et puis Smorty et Raleigh et Wellesley et Beaumont et Talcio et Yeng !

— Tous ?

— Tous ! Nous sommes tous d'accord. Il faut parler, Willoughby !

— Ils voteront la mort quand même... Il y a mille ans j'ai lu dans les Archives de Sérafipolis on appelait ça « la raison d'Etat »... Rien n'a changé.

La vieille femme haussa les épaules.

— C'est Waford qui n'a pas évolué... C'est lui qui n'a pas changé !

Il se produisit alors un grand mugissement suivi d'un roulement grave qui résonna dans tout le parc. Çà et là des Sages, assis sous les arbres ou qui marchaient par groupes en discutant gravement comme ils avaient l'habitude de le faire, se levèrent ou retournèrent sur leurs pas. Toutes les torches de la longue rampe d'accès à la vaste pyramide s'allumèrent automatiquement.

L'interruption de séance provoquée par Raleigh, l'un des Compagnons, pour donner à tous le temps de se contacter en secret s'achevait.

— Il y a toujours un Waford quelles que soient les époques... fit tristement Willoughby.

— Il n'y a jamais eu l'unanimité... sinon pour la mort.

La vieille femme, tout en pressant le pas vers l'entrée de la salle en double dôme, s'anima soudain :

— Mais c'est une chance unique ! Unique ! Jamais dans l'histoire du peuple humain on n'a pu déterminer ni quand « ils » viendraient ni ou « ils » apparaîtraient !

Il s'immobilisa et la fixa droit dans les yeux.

— Qui essayez-vous de persuader ? Moi ? Je le suis déjà ! Et plus qu'aucun autre, vous le savez très bien... Je sais que nous avons une chance, une chance formidable, mais que Waford et tous les crétins qui vont le suivre dans sa péroraison au nom d'Irkham vont s'empresser de couper à la racine, comme les mêmes Sages ont supprimé toute chance de contact depuis les temps bibliques... et probablement bien avant encore !

Foulant doucement le sol sablonneux, ils parvinrent au pied de la luxueuse rampe oblique qui menait au centre de la pyramide-cité du Head Galactic Council en son émanation la plus élevée : le Suprême Conseil.

Des flambeaux brûlaient au bout de torches tenues par des statues représentant alternativement les hommes et les femmes de toutes les races de la planète mère et ce, jusqu'à l'entrée de la salle du Conseil.

— Demia ! souffla Willoughby si bas que la vieille femme crut ne pas avoir entendu. Demia... encore une fois l'humanité va rater une occasion historique de comprendre l'Univers.

Le tapis oblique les élevait sans à-coups au-dessus du sol. On apercevait, beaucoup plus bas que le sommet de l'ancien volcan sur lequel avait été bâti vers l'an 2065, c'est-à-dire juste après la remise en atmosphère d'Altaïr, la cité Mensa qui dirigeait le monde connu et présidait aux destins des trois milliards d'êtres humains essaimant chaque jour un peu plus vers les étoiles.

Plus bas, beaucoup plus bas, se trouvaient les dômes de Sérafipolis, la grande mégapole cosmique.

Willoughby se tut car un groupe de vieillards qui continuaient à monter sur la rampe de cérémonie passait à leur hauteur.

— Demia, certes, nous ne devons jamais nous dévoiler, mais il est parfois des choses qu'on n'a pas le droit de laisser faire...

— Ce qui veut dire ?

— Je ne sais pas ! Je ne sais pas ! Je ne sais rien... (Il attrapa dans ses doigts grassouillets le bras décharné de Demia.) Je suis infiniment troublé, Demia ; je me demande si je mériterai toujours ce nom de Sage qu'on nous donne !

Elle lui décocha un regard aigu.

— Fais bien attention, Willoughby, tu sais que tu n'as pas le droit de décider quoi que ce soit sans l'avis de tous les Compagnons... C'est une loi qui n'a jamais été transgressée au fil du temps...

— Je sais ! Je sais ! Je sais aussi que nous allons louper... Ah ! nous y voilà !

Ils avaient pris du retard en parlant et la porte de bronze se referma juste derrière eux. Ils débouchèrent au centre d'une sphère extraordinaire, le cœur même de la pyramide-cité. Sur vingt niveaux des Sages attendaient la reprise de la séance. Aù centre de la sphère, accessible par une rampe oblique transparente, se trouvait une plate-forme circulaire bordée d'une balustrade de cristal richement festonnée.

Sur cette estrade attendait le maigre Waford qui présidait en ce moment et pour six mois terrestres le Conseil Suprême.

Demia et Willoughby se séparèrent sans un mot de plus, chacun gagnant la place qui lui était dévolue. Demia au troisième niveau et Willoughby au dix-huitième.

Les débats reprirent aussitôt par la voix mordante de Waford :

— Je pense maintenant que cette interruption de séance réclamée par le Sage Raleigh nous a permis à tous de clarifier nos pensées. (Il écarta les bras d'un geste un peu théâtral.) Il est bon de rappeler les enjeux, l'importance que dis-je, l'extraordinaire gravité de ce qui se passe actuellement entre Cygnus III et le relais spatial Phobos-Omega-II que le *Swallops* atteindra maintenant dans la moitié d'un U.T.U.

Enfoncé dans son siège-coquille transparent, chacun écoutait et la voix, pourtant fluette de Waford, semblait avoir une puissance considérable dans cette sphère à l'acoustique incomparable.

— Je rappelle que c'est la trente-huitième fois dénombrée historiquement que les Extra-Terrestres tentent de prendre contact avec nous. D'où viennent-ils ? Où vont-ils ? Que nous veulent-ils ? Nous n'en savons rien. Nous n'en savons pas plus que nos Anciens des temps protohistoriques... Sont-ils hostiles ? Personne ne peut répondre à cette question. Une seule chose est certaine : ils sont doués de pouvoirs totalement inconnus de nous. De pouvoirs psychiques, s'entend. Et la déclaration de ce... euh... Stanek Mills, corrobore parfaitement cette information que nous connaissons depuis les temps bibliques.

Il marqua une pause pour souffler, parcourant son auditoire des yeux comme s'il voulait juger de l'effet de ses paroles.

— Je rappelle à tous que, lorsque dans les temps antiques, ils ont essayé de prendre contact avec nos Grands Anciens, ceux-ci les ont chassés...

— Et qu'ils se sont bien vengés ! lança une voix, rappelant la destruction aussi brutale, qu'inexpliquée et en forme d'explosion nucléaire de Sodome et de Gomorrhe.

— Dans ce que l'on appelle le Moyen Age terrestre ils ont fait d'autres tentatives... et nos Anciens leur ont refusé encore une fois leur porte, prouvant ainsi la continuité de pensée de nos Sages.

— Au fait ! Au fait ! cria un vieil homme dont le jugement était déjà fait.

Alors Waford laissa couler un instant de silence puis déclara d'une voix forte :

— Hostiles ou non ? Là n'est pas le problème ! Le vrai problème est que ces entités, qui nous surveillent de siècle en siècle — dois-je vous le rappeler ? — sont douées de pouvoirs tels qu'elles représentent fatalement un formidable danger pour nous tous...

— Et ce pouvoir, elles n'ont pas hésité à s'en servir sur la station avancée de Cyclops dont les hommes et les femmes sont devenus fous l'un après l'autre ! rappela un Sage de Perséus.

— Mais fou, qu'est-ce que ça veut dire ? enchaîna Waford d'une voix tranchante. Cela veut dire ni plus ni moins qu'on leur a pompé le cerveau. Mais oui, pompé le cerveau pour savoir qui nous sommes, comment nous vivons, quel est notre degré de civilisation, celui de notre technologie, etc. La surveillance, messieurs ! L'implacable surveillance à laquelle nous sommes soumis à l'insu de tous depuis la nuit des temps ne s'arrête jamais...

Il leva la main droite et Willoughby secoua la tête, parfaitement écœuré.

— C'est pourquoi je vous demanderai, une fois encore, et comme l'ont fait nos Anciens tout au long de notre très longue histoire, de refuser tout contact avec ces entités trop prodigieusement intelligentes pour ne pas présenter un mortel danger pour nous tous.

Willoughby effleura une touche. Son nom s'inscrivit en lettres de feu au sommet de la sphère.

— Le Sage Willoughby désire s'exprimer ! lança la voix du doyen.

— Ils ont pris contact tout au long des balbutiements de notre civilisation : ces soubresauts chaotiques et sanglants que nous appelons l'Histoire ; ils nous ont vus nous battre, nous déchirer, ils ont vu des peuples s'anéantir, des continents se dresser les uns contre les autres... et ils ne sont jamais intervenus ! Pourquoi ? Parce que depuis des millénaires nous avons toujours refusé tout contact. Jamais nous n'avons accepté de les rencontrer lorsqu'ils se manifestaient.

— Et c'est peut-être pour ça que nous sommes encore libres ! scanda Waford.

— Non, mais c'est sûrement pour ça que nous avons mis des milliers d'années à maîtriser l'énergie et à faire que l'humain mange à sa faim ! Aurions-nous connu toutes ces famines, tout cet obscurantisme et ces épidémies si nous avions accepté de les recevoir dans notre monde ? S'ils sont si avancés que ça, pourquoi auraient-ils refusé de nous céder une petite parcelle de leur formidable savoir ?

— La confiance est l'arme des sots ! rappela une voix. Nos Anciens n'étaient pas plus bêtes que nous... Leur refus doit donc nous dicter notre conduite. Qui prendra le risque de voir débarquer parmi nous des êtres si formidablement doués qu'ils peuvent ravager le cerveau de n'importe qui sans même se manifester d'une manière concrète ? Car c'est bien ainsi que cela s'est passé sur Cygnus III, n'est-ce pas ?

Un épais silence salua ces propos et pesa dans la sphère.

Swann, l'envoyé de Terre au Conseil Suprême, demanda la parole. Il étonnait toujours tout le monde car il avait la peau noire comme de l'anthracite et rares étaient les humains encore si proches de leurs origines génétiques en raison des formidables brassages raciaux qui avaient eu lieu à partir de la fin du XXe siècle.

— Messieurs, quelle que soit la manière dont nous abordons le problème, il y a une chose qu'il ne faut pas perdre de vue : la déclaration d'Irkham !

— Irkham était un idiot ou un menteur ! vocifera la voix d'un Compagnon.

— Peut-être, mais c'est lui qui a édicté la vérité officielle !

Waford, empourpré, appuya aussitôt d'un ton suraigu :

— Irkham a établi les principes de l'inexistence d'autres créatures en 2142. N'oubliez pas, n'oubliez jamais : *c'est la Vérité Officielle !* Nous sommes bien les seuls de la création. Et nous avons inculqué cela à trois milliards de nos semblables. Ils croient en Irkham ! Imaginez-vous l'affolement, la panique de toutes les structures philosophiques et religieuses qui sont les piliers mêmes de notre société si nous annoncions que toute notre existence est remise en question ? Imaginez-vous tous ces concepts mentaux en train de s'écrouler ?

— On sait maintenant qu'Irkham s'est trompé ! cria Raleigh.

— Oui, renvoya Waford du tac au tac, mais nous sommes les *seuls* à le savoir !

— Et pour cela doit-on continuer dans l'erreur ? lança Willoughby qui contenait sa fureur à grand-peine.

— Oui ! Je dis résolument : oui ! Pendant des décennies on a inculqué à tous qu'Irkham était le plus grand penseur de tous les temps ; il a été élevé à l'image d'un prophète, que dis-je d'un prophète : d'un dieu presque ! Et il n'est jamais bon de brûler les idoles qu'on a adorées ! prédit Waford d'une voix inspirée.

— Rappelez-vous ! fit une femme vibrante d'exhaltation, rappelez-vous ses paroles : « Il n'existe et ne peut exister dans l'Univers aucune créature vivante dont l'intelligence égale ou surpasse celle de l'homme... » et encore « L'Univers dans son immensité est le domaine exclusif du seul être dont la maturation génétique a, à l'inverse des autres espèces, constamment tendu vers la perfection. » C'est Irkham qui a écrit cela !

— Il a dit aussi : « Il n'y a pas de race supérieure parmi les humains, mais les humains constituent la race supérieure de l'univers cosmique », rappela un Sage d'Altaïr, allez donc maintenant faire avaler le contraire à trois milliards d'hommes et de femmes !

Willoughby haussa les épaules et jeta un regard atterré à Demia puis à Raleigh, ses plus proches Compagnons, mais ceux-ci regardaient seulement Waford et ne devinèrent pas son appel au secours.

Le nom de Wamitan s'inscrivit sur le sommet de la sphère.

— Le Sage Wamitan demande la parole... Vous avez la parole !

L'homme se leva avec lenteur. Wamitan devait bien accuser un siècle et demi et se trouvait donc approcher de la fin de sa vie. Petit et voûté, il paraissait minuscule sous l'étole écarlate que les Sages mettaient lorsqu'ils entraient en symposium. Wamitan était un des premiers natifs d'Altaïr, la première planète remise en atmosphère et il n'avait jamais muté, c'est-à-dire que sa peau n'était pas devenue bleue et satinée.

— Messieurs, fit-il dans un souffle qui pourtant fut entendu dans toute la sphère, rappelez-vous tous ce qui s'est passé il y a exactement soixante-sept ans sur Circée. Là-bas aussi nous avions une station Cyclops... A l'époque la chaîne des Cyclops commençait juste à être installée. Or cette station, consultez donc ces dossiers qu'on appelle « maudits » et que l'on n'ouvre jamais, avait été l'objet d'une prise de contact par ces entités venues d'ailleurs. Il y a même eu des messages échangés en confidentiel... La plupart ont été soigneusement effacés des bandes depuis, mais il en subsiste trois : l'un disant qu'un vaisseau aux dimensions totalement incroyables venait non pas de se poser, mais d'apparaître près de la station, l'autre avertissant que la panique régnait et le dernier, totalement incompréhensible qui n'a jamais pu être déchiffré et a probablement été l'œuvre d'un fou... un des derniers survivants de cette station, luttant contre sa propre démence et dans un dernier éclair de lucidité cherchant à transmettre ce qu'il voyait. Il n'est pas un seul parmi vous qui ne soit au courant de cette affaire soigneusement enterrée.

Il laissa passer quelques secondes, autant pour reprendre son souffle que pour laisser à ses paroles le temps de pénétrer l'esprit de chacun.

— Et qu'ont fait les Sages d'il y a un demi-siècle ? Les Sword ? Les Welley ? Les Stragg ? Les Cowley ? Les Jeanssens qui ont laissé leur nom dans l'histoire planétaire ?... Rappelez-vous !

— ...

— Ils ont détruit la station ! La station *et* son personnel. Ou du moins ce qu'il en restait. Le problème a ainsi été réglé.

— Pour soixante-sept ans ! ricana Willoughby qui se contenait à grand-peine.

Le vieil homme se tourna lentement vers ce dernier.

— Willoughby, seriez-vous volontaire pour vous faire ravager le cerveau et sombrer dans l'obscurité morbide de la démence ?

Un rire résonna. Waford reprit précipitamment la parole.

— Nos Anciens nous ont donc prouvé une fois de plus la constance de leur ligne de pensée. Nous ferons comme eux... car ils ne pouvaient pas se tromper : on ne peut pas se tromper sur des milliers d'années d'Histoire !

— Et pourquoi pas ? glapit Demia. Pourquoi pas !

Waford haussa les épaules et, princier, descendit la rampe translucide pour regagner son siège.

— Plus personne ne demandant à prendre la parole et l'auditoire s'estimant parfaitement éclairé, nous allons procéder au vote, annonça le doyen en charge. La question est : devons-nous continuer à refuser tout contact avec ces mystérieuses entités qui se sont manifestées sur la station de tracking Cyclops de Cygnus III ?

Sur le grand miroir holographique du sommet de la sphère, les chiffres se mirent à défiler. Willoughby, comme tous ceux qui siégeaient avec lui au Conseil Suprême, avança la main sur la console et appuya sur le bouton *non*.

— Deux cent vingt-sept oui et... vingt-trois non ! Le Conseil Suprême a voté le refus de toute prise de contact.

Le nom de Waford s'inscrivit aussitôt, flashant sur les chiffres.

— Le Sage Waford a la parole !

Willoughby s'affaissa un peu sur lui-même, il savait presque mot pour mot ce qu'allait maintenant dire Waford, poursuivant son implacable logique.

— Je rappelle que deux survivants sont actuellement réfugiés à bord d'un cosmotanker faisant du tramping entre Procyon et Hydraxos. C'est leur rapport qui nous a avertis de ce drame... Eux l'ont vécu. Ils ont vu ! Ils savent qu'Irkham n'a pas dit la vérité... Ils connaissent l'existence d'autres entités vivant dans un autre monde, une autre époque, ou parmi nous d'une manière immatérielle, que sais-je ! Ils vont parler, dire ce qu'ils ont vu ! Peut-être, si les Inconnus les ont laissés vivants sont-ils chargés — même à leur insu — d'une mission, peut-être sont-ils fous ! Peut-être leur a-t-on transmis des pouvoirs que nous ignorons... A la question : « Devons-nous prendre le risque de les voir se déplacer dans le monde connu, raconter ce qu'ils ont vécu, faire, qui sait ! des adeptes, lâcha Waford avec un regard appuyé en direction de Demia et de Willoughby, je réponds : non ! Et je connais les conséquences de ce non. (Waford adopta hypocritement une voix lugubre pour ajouter :) Il est parfois nécessaire de couper un membre gangréné pour sauver l'individu... Eprouve-t-on une sotte pitié pour un membre atteint ?

Il se rassit, laissant chacun devant sa conscience.

— Nous allons donc procéder au vote. La question est : « Doit-on supprimer la vie des deux survivants de Cyclops de Cygnus III ? » Je le rappelle : il s'agit d'un homme d'une équipe de maintenance, Stanek Mills, et d'une femme du personnel de la station, spécialisée dans la détection des astéroïdes : Phrya Rutherford. Je répète la question : « Doit-on supprimer ces deux personnes, sachant qu'elles sont la preuve que le Sage Irkham s'est trompé ? »

— On n'a pas dit la vérité pour ne pas bouleverser les structures de notre civilisation ! cria Swingerlaag, un autre Compagnon qui ne s'était pas manifesté jusqu'à présent.

Il se produisit alors un grand brouhaha et la sphère se transforma en une sorte de forum ; au fur et à mesure que les Sages votaient, les chiffres couraient sur la place luminescente du dôme. Ils se stabilisèrent enfin lorsque le dernier Sage eut appuyé sur la touche, les abstentions étant interdites.

Alors la voix du doyen tomba comme un couperet :

— Pour la mort : deux cent douze... sur deux cent cinquante. Phrya Rutherford et Stanek Mills seront donc éliminés.

— Immédiatement ! précisa Waford qui décocha un regard triomphant en direction de Willoughby.

— Des criminels !... Des criminels et des inconscients, voilà ce que vous êtes ! gronda Raleigh à la stupéfaction de tous... Ces entités existent : cacherez-vous donc ainsi leur existence pendant les millénaires à venir ?

— Les débats sont clos... La séance est suspendue ! Reprise dans six heures. La question sera : « Faut-il favoriser un transfert de femmes vers Arcturus et continuer les tests de procréation malgré l'échec des premiers essais d'enfantement humain ? » Messieurs, je vous remercie !

CHAPITRE III

— Vite ! Vite ! Venez vite : faites quelque chose !

Le Garde Noir fendit la foule avec la crosse de son riot-gun et s'approcha de l'écoutille fermée.

Un long cri de femme déchira l'écho.

— Elle crie ! Elle crie encore, entendez-la !

Ragg s'immobilisa contre l'écoutille et se retourna : soucieux. L'expérience lui avait appris qu'il fallait redoubler de prudence avec ces migrants toujours prêts à se jeter les uns sur les autres comme des chiens enragés.

— Combien sont-ils là-dedans ?

Une femme entre deux âges et qui portait le surplis de Circée, glapit :

— Au moins trois ! J'en ai vu au moins trois... Tout à l'heure je les ai entendus se disputer !

Un hurlement de souffrance retentit, entremêlé de supplications, de sanglots et de hoquets. Quelques insultes s'élevèrent aussitôt ; il y eut un bruit de coup puis le hurlement s'interrompit net.

— Ben mon salaud, qu'est-ce qu'ils lui mettent ! ricana un homme.

Ragg appuya sur la touche d'un interphone proche :

— Le Garde Holboor ! Le Garde Holboor en liaison immédiatement !

Le message fut instantanément diffusé dans le millier d'amplis passant par toutes les coursives et les puits anti-gravifiques.

— Non ! Oh non ! NOOOOON ! hurla la femme suppliciée.

Le cri électrisa l'assemblée venue plus au spectacle que pour prêter main-forte à la jeune femme attirée dans le guet-apens de trois ou quatre brutes bien décidées à assouvir leurs instincts d'une manière spéciale.

— Ça y est ! Ils l'ont égorgée ! Je suis sûre qu'ils l'ont égorgée ! vociféra une femme qui s'approcha de Ragg pour marteler sa poitrine de coups de poing dérisoires.

— Ici Holboor.

— Rapplique au secteur 67 pont 12.

— Des problèmes ?

— Viol avec sévices... Riot-gun ! Fais vite !

Ragg se retourna. La foule se faisait menaçante.

— On ne l'entend plus ! On ne l'entend plus, vous voyez qu'elle est morte ! hoquetait la femme. C'est votre faute : vous avez trop hésité ; vous êtes un lâche !

Il y eut une longue clameur.

Ragg, le cœur cognant dans la poitrine et assuré que tous allaient le lyncher si l'on découvrait le cadavre éventré de la fille parce qu'il aurait trop attendu, arracha son passe magnétique de sa ceinture et le plaqua contre le capteur. Le verrou que les sadiques avaient soigneusement tiré derrière eux avant de se jeter sur leur victime se souleva silencieusement de sa gâche.

Le maigre Holboor surgit à cet instant : il s'accroupit à côté de Ragg :

— Trop tard, ils lui ont fait la peau, hein ?

— J'en ai bien peur... Fais gaffe : ils s'y sont mis à plusieurs.

Ragg et Holboor, ainsi que la foule derrière eux découvrirent le spectacle lorsque l'écoutille se fut suffisamment relevée. Au fond d'un appentis obscur aux parois tapissées de silos de stockage, une masse d'hommes à demi nus entouraient une femme allongée.

— Face au mur, les mains en l'air ! hurla Ragg.

La stupéfaction fut générale. Deux hommes plongèrent au sol et le troisième, penché sur la fille couchée sur le ventre, se redressa affolé. Soudain tous se catapultèrent d'un même réflexe vers une des coursives du secteur des propulseurs.

— Halte !

Ragg et Holboor tirèrent ensemble. Un des cylindres de caoutchouc projeté par le riot-gun s'écrasa sur la cloison et le narcotique dessina une petite étoile verdâtre qui suinta le long du métal, l'autre projectile percuta le dos du dernier homme à passer l'écoutille. Celui-ci fit encore quelques pas incertains, le temps que le poison se répande dans ses veines, s'abattit face au sol et ne bougea plus.

— Bravo ! Bravo ! hurlaient les émigrants.

Ragg s'approcha de l'homme à demi nu qui levait les mains. Ses pupilles anormalement dilatées et le rictus sauvage qui tétanisait ses lèvres au point de les rendre violettes disaient qu'il ne se rendait même plus compte de ce qu'il faisait. Seul son subconscient avait dû lui faire lever les bras.

— Salaud ! Espèce de salopard, pourquoi as-tu fait ça ?

Un filet de bave coulait des commissures des lèvres de l'obsédé sexuel et se perdait dans le poil hirsute de son menton.

Ragg se recula d'un pas et tira à l'horizontale. Il y eut un « psouff ! » bref, l'homme partit en arrière sous l'impact du projectile, ses yeux se révulsèrent, il ploya des genoux et s'écroula enfin.

Foudroyé par l'anesthésique.

Holboor retourna le corps lacéré de la jeune femme sur le dos. Ses seins étaient striés de griffures violacées comme ses lèvres et son ventre de traces de coups.

Il avait redouté de trouver une plaie béante à hauteur des carotides mais il n'y avait rien. Rien que des traces de morsures et des stries d'ongle.

— Elle vivra... Un viol collectif comme tant d'autres. C'est le sixième depuis Procyon, murmura-t-il.

Ragg se gratta le front et secoua la tête. Lorsqu'il vit les curieux agglutinés à l'écoutille, il hurla :

— Mais êtes-vous tous des porcs ? Pourquoi faites-vous ça ?

Une voix anonyme et protégée par le rempart de ses camarades glapit :

— Et vous le G.N., qu'est-ce que vous êtes ?

Ragg abaissa le court canon évasé de son riot-gun et tira. Le projectile sonna sur le côté de l'écoutille et le poison y dessina une petite tache avant de commencer à couler sur la paroi.

La foule reflua à nouveau.

Ragg quitta la remise et retourna dans la coursive.

Il atteignit le poste d'interphone et composa le code de localisation de Loman.

Celui-ci devait être à son poste car il répondit aussitôt.

— Loman, j'écoute !

— Commandant, nous avons eu un problème dans le secteur 67 pont 12, j'ai besoin d'urgence d'un des docteurs et de quatre brancardiers.

— Un début d'émeute ? demanda aussitôt Loman, dont c'était la hantise quasi permanente.

— Non, non rien qu'un viol collectif...

— Ah bon ! fit Loman soulagé. Je vous envoie Stinger et ses infirmiers... Oh Ragg ? Il y a une hyperfréquentielle qui est arrivée pour vous. Elle est encore aux spacecom, c'est la transmettrice Telma qui l'a. Vous pourrez la retirer quand vous voudrez.

— Une hyperfréquentielle, commandant ?

— Ça a été retransmis par le relais Phobos mais ça vient d'Altaïr.

— Euh... pas d'autre mention, commandant ?

— Si : urgent ! Mais tout ce qui vient du Head Galactic Council est toujours urgent, alors...

— Très bien je termine ici et j'irai la prendre pour le décoder.

Loman attendit par déférence que Loman eut interrompu la communication et composa le 666 qui était le code de localisation de Lamschak sur le pont supérieur. Celui-ci fut en ligne aussitôt.

— Lamschak ? Deux Gardes au secteur 67 pont 12 ! Deux salopards à embarquer.

— A incarcérer ?

— Plutôt deux fois qu'une ! Ah, et passez-les-moi sous le casque dès qu'ils seront réveillés. Question : qui était le troisième larron à faire joujou avec la poupée !

— Je vois.

— Faites vite, je vais aux spacecom, Holboor est sur place.

Ragg retourna dans la remise. La fille reprenait graduellement connaissance.

— On a une hyperfréquentielle d'Altaïr, je vais la prendre aux spacecom.

— Encore des ennuis alors... laissa échapper le maigre Holboor.

— Sûrement : pour que le H.G.C. lui-même envoie un codé...

— D'ici qu'il y ait une épidémie à bord comme sur le *Colossus*...

— Ce qu'il y a de bien chez toi c'est que tu n'es capable de prédire que des catastrophes.

Ragg enjamba les deux corps, quitta la remise et croisa le docteur Stinger qui arrivait par bonds rapides, la manière de se déplacer dans cette immense hypernef à la faible gravité artificielle.

Deux infirmiers s'essoufflaient à le suivre.

Moins de trois minutes plus tard Ragg pénétra dans la sphère de télépilotage, bruissante comme à l'accoutumée. Au troisième niveau il entra dans le secteur des spacetrans et trouva Telma en train de surveiller le défilement en sortie d'un long message de routine.

Lorsqu'elle le sentit près d'elle, elle lui tendit sans le regarder un quartz enfermé dans une boîte de forme ovoïde.

— Empreinte ! fit-elle sèchement en tendant un clavier thermotactile.

Il y posa le bout de son index, prit le quartz et s'éloigna. Ragg, comme du reste tous les Gardes Noirs étaient habitués au mépris. Il remonta vers la zone des puits — réceptacles et s'enferma dans le silo qui lui servait de bureau.

Holboor l'attendait.

— Ça y est on les a coffrés.

— Ils sont sous le casque ?

— Pas encore... sont encore à demi paralysés, ils risquent de devenir fous.

— Bien ! Bien ! Rien ne presse. Question : je veux savoir qui était le troisième larron et le coffrer !... Tu vois, Holboor, je crois bien que je suis capable de tuer n'importe qui pourvu qu'on m'en donne l'ordre, mais je ne comprendrai jamais ceux qui jouissent de s'amuser ainsi à faire souffrir une femme.

— Chacun ses goûts...

Ragg fronça les sourcils et décocha à son adjoint un regard outré avant d'attirer le codeur-décodeur à lui. Il mit l'appareil sous tension, ins4ra le quartz que lui avait si aimablement donné Telma et afficha la combinaison du jour. L'appareil émit un bref buzz-buzz de guêpe en train de butiner puis un long ruban de papier émergea d'une fente placée à la base de l'appareil pour ne s'arrêter qu'en fin de message.

Ragg caressa le mince collier de barbe noire qui lui donnait un visage triangulaire, sépara le papier du reste de la bande, le posa à plat sur la table et le lut horizontalement.

Son visage exprima d'abord l'étonnement, plusieurs fois son regard revint en arrière comme s'il craignait d'avoir mal lu, puis ses sourcils se rapprochèrent pour ne plus former qu'une mince ligne noire et broussailleuse.

— Par les hydres... Regarde ça, Holboor!

Il tendit la bande :

— *Hyperfréquentielle code 235-21 stop FR : Head Galactic Council dept sécurité. To : space-tanker Swallops stop Intéresse garde second cercle Ragg Javalan stop Concerne survivants station Cyclops de Cygnus III recueillis à bord Swallops stop Ordre : spécialiste maintenance Stanek Mills et tracker Phrya Rutherford seront éliminés physiquement meilleurs délais et corps expulsés stop Nécessite discrétion absolue stop Elimination physique à l'insu équipage et émigrants stop Eventuellement prétexter maladie contagieuse contractée sur Cyclops ou début accès démence stop Commandant Loman seul autorisé connaître ordre exécution stop Rendre compte immédiatement par canal 4 code 49. Fin d'émission...*

Holboor, perplexe, relut deux fois le texte, comme s'il doutait des mots qui s'y étaient inscrits. Lorsqu'il leva les yeux vers Ragg il vit que celui-ci contemplait par le mince hublot triangulaire le globe verdâtre de Cygnus devenu terriblement lointain maintenant.

— Eh bien ! ça alors !... Est-ce que vous allez demander une confirmation ?

— Certainement pas, ça serait interprété comme une hésitation de ma part. Ça vient du H.G.C., rien moins !

— A tout prendre, j'aurais préféré avoir à éliminer les trois obsédés sexuels de tout à l'heure.

— L'ordre est impératif... Nous ne savons rien de cette fille et de ce gars venu de Cyclops... Le H.G.C. doit certainement avoir de bonnes raisons pour nous balancer ça...

— Discrétion ! discrétion !... Je me demande si en fait... ces histoires qu'ils nous ont racontées et qu'on a transmises à Altaïr ne tenaient pas debout... Des créatures inconnues ? Tout le monde sait bien que l'homme n'a été conçu que par le plus grand des hasards et qu'il est seul dans l'Univers.

— Oui, confirma Ragg, il y a une grosse tête qui a dit ça un jour...

— Irkham !

— Quoi ?

— Irkham, c'est son nom. Il vivait il y a un siècle, je crois, précisa Holboor tout fier de faire étalage de ses connaissances.

— Mouais... en attendant tu vas phosphorer sur la manière de les déboulonner sans bavure... Et évidemment ces deux drôles sont toujours fourrés avec les émigrants. Ça va pas être facile...

— Un ordre d'exécution ! Un ordre d'exécution... C'est le premier que je reçois, soliloqua Holboor qui paraissait encore plus maigre qu'à l'accoutumée sous la lumière verticale du flood.

— Oui, eh bien tu t'y feras, le tança sévèrement Ragg... Je vais prévenir le commandant... Toi, essaye de trouver une solution pour les isoler et faire ça proprement. Pour les corps on n'aura qu'à les envelopper dans un container de pralon pour les transporter dans la zone des sas.

Ragg enroula le message autour de sa main et jeta en partant :

— La première chose à faire est de savoir où ils sont en ce moment.

— Ah... parce que vous comptez faire ça tout de suite ?

— Pourquoi attendre... ce genre d'ordre de haut niveau, mieux vaut les exécuter sur-le-champ pour notre bonne santé à tous ! Crois-moi ! J'ai connu un type qui avait hésité un jour... Il est redescendu au quatrième cercle et a été affecté dans les mines de Tychar ! Je suppose qu'il y est encore... C'était mon chef à l'époque, alors tu penses si je m'en souviens !

Holboor n'eut pas le temps de répondre. Ragg avait disparu. Il quitta la pièce à son tour, se rendit dans le silo des Gardes et en trouva deux en train d'écouter de la musique concrète.

— Trouvez-moi les deux individus qu'on a récupérés de Cygnus, une fille et un type... Est-ce que vous les avez déjà vus ?

— Oui, oui, bien sûr, fit un jeune Garde à la peau mate et au regard brillant comme de la braise, j'étais là quand le Trident a apponté.

— Alors trouvez-les, ne leur parlez pas, ne les approchez même pas, contentez vous de me passer leur position actuelle !

— Qu'est-ce qu'ils ont fait ?

— C'est pas possible ! Mais si les Gardes de cinquième rang commencent à poser des questions, où va-t-on ! On a besoin de les voir, c'est tout ! brailla Holboor d'autant plus nerveux qu'il se doutait bien que Ragg allait instinctivement se débarrasser de la corvée de l'exécution sur lui « pour le former » comme il dirait plus tard... Et qu'il n'avait pas la moindre envie de passer ces deux naufragés au thermique...

Au même instant Loman, qui avait bondi de son siège, vrillait un regard incrédule dans les prunelles de Ragg.

— Alors vous allez ?...

— Oui. Et le plus vite possible ! Cela fait AUSSI partie de ma mission, n'est-ce pas ?

— Sur mon *Swallops !* Sur *mon Swallops...*

Un buzzer fit entendre deux notes musicales. Loman enfonça une touche. La voix de Holboor :

— Commandant Loman ? Est-ce que le Garde Ragg est avec vous ?

— Je vous le passe, soupira Loman effaré.

Ragg contournaı le bureau circulaire pour s'approcher de l'ampli.

— J'écoute.

— On les a localisés : l'homme est dans l'astrodôme et la fille dans un des bains de massage ionique.

— Parfait... Ne les lâchez plus ! Surtout ne les lâchez plus !

CHAPITRE IV

Phrya acheva de se dénuder en enlevant la mince bandelette de pram qui ceignait ses reins et s'allongea sur la table d'exposition.

Une femme en tunique de cabine orangée pénétra dans la cabine et s'approcha d'elle.

— Désirez-vous du revitalisant ?

Phrya prit une profonde inspiration. Elle n'y avait pas songé. Elle pensa qu'au fond cela ne pouvait guère lui faire que du bien, d'autant plus que les quatre mois terrestres qu'elle avait passés à Cyclops avaient ôté presque toute pigmentation à sa peau que nul rayon solaire n'était venu caresser.

— Pourquoi pas ?

Elle ne put s'empêcher de se souvenir des mains expertes qui couraient sur sa peau à son dernier massage ionique, avant de partir pour la station ; c'était une femme de Terre qui lui avait assuré le massage. Elle s'en souvenait encore...

— Allez-y ! Ma peau doit être devenue horrible !

La praticienne sourit. Elle en traîtait de bien plus « horribles » tout au long du jour.

— D'où venez-vous ? D'Altaïr, n'est-ce pas ?

Phrya assura le masque sur ses yeux.

— Je suis née à Altaïr, quatrième génération..., mais je viens d'une base avancée.

Elle sentit le liquide tiède couler sur son visage, puis entre ses seins, sur son ventre plat et frémit doucement.

— Il paraît que c'est un véritable enfer dans ces stations...

Les doigts graciles se posèrent sur sa peau avec une extraordinaire douceur et commencèrent à la masser en spirales savantes, en arabesques folles, pour mieux faire pénétrer le revitalisant.

Graduellement, Phrya sentait tout son corps s'échauffer sous l'effet du cosmétique mais aussi de ces doigts qui n'en finissaient plus de décrire des figures compliquées en forme de caresses. Elle avait l'impression que mille mains l'étreignaient soudain de la tête aux pieds et dut pincer légèrement les lèvres pour masquer son trouble.

— Non, pas vraiment un enfer... quand tout se passe bien.

Elle dut faire appel à toute sa volonté pour rester impassible en dépit des délicieux frissons qui l'électrisaient.

— Et là maintenant vous avez fini et vous retournez sur Altaïr via Phobos ?

Elle eut un léger spasme. Cette femme qui la massait connaissait son métier ! Elle semblait presque aussi experte que cette Terrienne dont elle avait utilisé les services au relais.

— Oui... oui, je retourne sur Altaïr... fit-elle, essayant de ne mettre aucune émotion dans sa voix.

Elle songea que la nouvelle de leur sauvetage et du drame de Cygnus III ne s'était pas répandue dans tout le bord et en éprouva une certaine surprise. Mais au moins ne serait-elle pas regardée comme une bête curieuse.

Sous une caresse plus appuyée que les autres

au niveau de ses hanches un faible gémissement força la porte de ses lèvres résolument fermées. La masseuse ne s'y trompa pas qui eut un sourire satisfait.

— Tournez-vous, fit-elle au bout d'un moment... C'est vrai que vous avez la peau desséchée. Trop d'U.V. ce sont les U.V... Personne ne fait attention à cela...

Le liquide tiède coula sur sa nuque, se rassembla entre les omoplates, glissant le long de sa colonne vertébrale et s'amassa en un petit lac au creux de ses reins.

Phrya repensa à Stan Mills et une onde de désir la parcourut tout entière.

Elle songea qu'elle allait l'appeler, il était à l'astrodôme pour réfléchir. Elle l'appellerait dès qu'elle aurait fini son massage ionique et ils retourneraient au silo. Alors elle se donnerait à lui et il lui ferait l'amour comme jamais encore, loin de toute hantise, loin de toute crainte.

Il la caresserait jusqu'à ce qu'elle le supplie de la posséder enfin...

Stan avait toujours été merveilleusement lent dans ses caresses...

Et au moins ils ne seraient pas obligés de s'aimer d'une manière pathétique et désespérée comme sur Cyclops lorsqu'ils avaient la hantise de voir revenir les perles de lumière...

— Voilà ! annonça la masseuse au grand soulagement de Phrya qui maintenant serrait les dents pour ne pas s'offrir en spectacle. Je baisse le sarcophage et je reviens vous chercher dans vingt-deux minutes. Ne bougez pas !

Elle se dirigea vers un petit pupitre. Le dôme s'abaissa du plafond et vint enserrer la jeune femme dans un cocon souple. Un déluge d'ondes la pénétra tout entière en même temps qu'une sorte de musique irréelle résonnait à ses oreilles.

« ... Oui, il me fera l'amour et je dormirai : après je dormirai. »

Elle ne se rendit même pas compte qu'elle sombrait dans la transe hypnotique.

La masseuse s'assura de ses pulsations cardiaques et sortit dans la salle d'attente. Elle eut la surprise d'y trouver un homme qu'elle n'avait jamais vu. Celui-ci portait une tunique de cabine couleur marron à haut col rouge et regardait une cassette vidéo, le lecteur posé sur ses genoux.

Curieusement, la jeune femme éprouva tout de suite une sorte de gêne devant cet inconnu qu'elle n'avait jamais vu ici parmi les autres clients qui attendaient leur tour de passage dans l'un des sept narco-sarcophages du secteur de relaxation.

— Vous désirez ? demanda-t-elle en s'approchant de lui.

Il leva la tête et elle n'aima pas le regard de ses yeux trop froids.

— Rien... Rien, j'attends une femme qui m'a donné rendez-vous ici.

D'emblée elle sut qu'il lui mentait mais acquiesça et alla trouver une autre cliente.

Dans le bulbe transparent de l'astrodôme, Stanek Mills, assis au fond d'un des grands fauteuils-coquilles sous le grand télescope à balayage, contemplait l'immense dorsale de la grande hypernef. L'un des silos de catapultage s'était ouvert quelques minutes plus tôt et maintenant un C.D-8 « Explorer », tout environné de flammèches bleues, s'élevait verticalement, nimbant de pourpre le grand pont extérieur.

Stanek Mills ne vit pas l'homme entrer dans l'observatoire désert, il entendit seulement le crissement de ses chaussons magnétiques, tourna la tête et aperçut vaguement une silhouette bleutée qui semblait s'intéresser au radiotélescope.

Stanek Mills se sentait inquiet. Sans trop savoir pourquoi. La vision de cet étrange vaisseau en forme de pyramide, qui ne s'était jamais *posé* dans le cratère, mais s'y était *matérialisé,* comme s'il y avait été depuis des siècles déjà, continuait à le hanter.

CHAPITRE V

« ... Oui, peut-être aurai-je mieux fait de me taire : le vieux Bender n'avait sûrement pas tort lorsqu'il parlait de la Vérité Officielle. Peut-être avons-nous vu des choses que nous autres humains n'aurions pas dû voir ? »

Stan Mills plissa les yeux. Le C.D-8 « Explorer », dès qu'il avait été assez loin du vaisseau mère, avait enclenché sa tuyère principale et s'était catapulté dans le vide absolu. Il ne restait de sa trajectoire qu'un long trait aveuglant et une sorte de comète qui glissait sous les étoiles.

— Joli, n'est-ce pas ?

L'homme avait fini par abandonner ses essais de manipulation du télescope à balayage auquel visiblement il ne comprenait goutte et s'était assis au dernier rang des sièges-coquilles, contemplant lui aussi le catapultage du C.D-8.

— Oui... joli, admit Mills qui ne désirait pas lier conversation ; le *Swallops* a dû détecter une météorite et il va la détruire.

Il s'étira et finit par se lever. Phrya devait avoir terminé son bain de revitalisant et son massage ionique, certainement elle devait l'attendre quelque part... Probablement dans son silo.

Le souvenir de l'extraordinaire communion

charnelle qu'ils avaient connue lorsqu'ils s'étaient aimés à l'arrivée sur le *Swallops* embrasa ses reins.

Et d'un seul coup il ne pensa plus qu'à faire l'amour avec cette jeune et magnifique femme si merveilleusement experte aux jeux de la chair. Comme du reste toutes les femmes d'Altaïr...

Mills adressa un bref signe de tête à l'homme qui contemplait les étoiles et quitta l'astrodôme en frissonnant. Il faut dire qu'il y régnait en permanence un froid de loup, le bulbe transparent étant la seule partie de l'YC-10 à ne pas être sous double blindage.

Il retrouva le puits anti-gravifique et se laissa doucement descendre en apesanteur jusqu'au niveau du pont 7.

A peine était-il sorti que l'homme, abandonnant ses rêveries, s'assura qu'il ne faisait pas mine de faire demi-tour. Il se précipita alors vers le poste d'intercom le plus proche et composa le code de localisation de Ragg. La voix de son chef résonna immédiatement :

— J'écoute !

— Ici Wessch.

— Alors, où en sommes-nous ?

— Il vient de quitter l'astrodôme, est-ce que je dois le suivre ?

— Est-ce qu'il vous a vu ?

— Oui. Je veux dire fatalement : nous n'étions que lui et moi dans le dôme.

— Alors laissez tomber... Il ne faut pas qu'il se doute de quoi que ce soit. Quelle direction a-t-il prise ?

— Aucune idée, il est parti par le puits D, c'est tout ce que je peux dire.

— Merci, Wessch. Rappliquez ici et tenez-vous à ma disposition...

Ragg relâcha la pression de son index sur

l'intercom et regarda fixement par le hublot le globe lugubre de Cygnus qui se fondait dans le velours couleur de suie des immensités cosmiques.

« ... A cette heure il a deux solutions... soit aller au self... soit retourner dans son silo... ou dans celui de la fille... De toute façon, le seul moyen de les avoir c'est de se les payer tous les deux ensemble... Et pour cela attendre qu'elle ou lui rejoigne l'autre... A la manière dont cette fille est moulée, m'étonnerait qu'il reste longtemps sans lui faire l'amour... », songea-t-il, froidement cynique.

Le longiligne Holboor, en pénétrant dans la cabine de travail, interrompit ses pensées. Le Garde Noir portait un long pulsator. Il le posa sur la table devant Ragg qui jeta au thermique un regard glacé.

— Voilà, je l'ai destocké... Attention, il est sous tension...

— On tâchera de ne pas trop esquinter le silo, ces thermiques laser sont d'une puissance toujours trop forte pour tirer dans un milieu comme un vaisseau ou les galeries d'un relais spatial... Ça fait dix fois que je le dis, mais les types de la « technique » sont plus têtus que...

L'intercom, en faisant entendre son buzz-buzz coutumier, l'interrompit.

— Ici Ragg, j'écoute !

— Voldar. Je viens de le repérer, il est sur le pont 7, au niveau de la soute des émigrants qu'il semble chercher à éviter... Je crois qu'il est un peu perdu ! En tout cas c'est l'impression qu'il donne. Est-ce que je le suis ?

— Est-ce qu'il vous a vu ?

— Non... et même s'il m'a vu il n'a pas fait attention à moi, je suis un technicien de climatisation.

— Bien, Voldar..., suivez-le et essayez de savoir où il veut aller.

Ragg sentait une sourde excitation l'envahir peu à peu. Cette chasse à l'homme dans le labyrinthe des coursives de l'immense vaisseau le passionnait au plus haut point. Savoir que tout doucement il tissait sa toile et en resserrait les mailles autour de l'homme et de la fille qu'ils allaient éliminer à l'insu de tous et que ceux-ci n'en avaient même pas conscience l'excitait prodigieusement.

— Peut-être faudrait-il en prendre deux ?

Ragg releva brusquement la tête vers Holboor qui scrutait son visage de ses yeux pâles très profondément enfoncés dans leur orbite.

— Hein... Quoi ? Deux ? Deux thermiques ?

— Oui, fit Holboor dans l'espoir que son chef tirerait à sa place.

— Si on s'y prend bien ça ne sera pas la peine : ce type-là, à un moment ou un autre, va chercher à voir la fille. Fatalement ils se retrouveront à deux dans un silo... Nous attendrons un moment, le temps qu'ils... eh bien oui, qu'ils se mettent en train si tu vois ce que je veux dire, rigola lourdement le Garde Noir... après quoi nous ferons jouer le passe...

— Et après ?

— Après tout ira très vite... Tu rentreras, moi derrière toi et en deux impulsions tu les abattras sans appel.

— Et... et si je rate mon coup ?

Holboor passa une langue rapide sur ses lèvres sèches tandis que Ragg haussait les épaules.

— Rater son coup avec un thermique à bout portant ? Voyons, le faisceau laser les sciera en deux sans l'ombre d'un doute... La seule chose que je te demande est de ne pas attendre.

— De... de ne pas attendre ?

— C'est ta première exécution, n'est-ce pas ?

C'est bien ce que tu m'as dit il y a quelque temps ?

Holboor hocha la tête.

— Alors tire dès que tu les vois... et ne regarde pas leurs yeux ! Je ne voudrais pas avoir à finir ton travail.

Holboor sentit un film de sueur couvrir son visage. Il imagina les deux corps emmêlés se débattant dans les affres de l'horrible mort laser et lui, tirant, tirant, tirant, jusqu'à ce qu'il ne reste que deux magmas informes et carbonisés sur la couche où il les aurait surpris en train de s'aimer...

— Tu sais, je pourrais le faire... mais un Garde Noir doit être insensible, uniquement dévoué aux ordres qu'il reçoit... Certains sont faciles à exécuter, d'autres pas... on doit réagir *exactement* de la même façon.

Buzz... Buzz... Buzz...

— Ici Ragg.

— Voldar... Il a demandé le pont 9 à un technicien qui passait.

— Parfait... A tous les coups il cherche à rejoindre son silo. Est-ce qu'il vous a repéré en faisant demi-tour ?

— Je ne pense pas, c'est farci d'émigrants par ici, ils sont vautrés sur le sol, jouent au pass-flow ou essayent de vendre des trucs qu'ils planquent quand j'arrive.

— J'ai posté Samok au puits 7, passez-lui le relais quand même ! On ne sait jamais...

Ragg était extraordinairement prudent. Il était vrai que si les Gardes Noirs avaient sur la société des droits exorbitants, il ne leur était *jamais* permis le moindre échec dans l'accomplissement d'une mission. Leur discipline était sans appel et le droit à l'erreur quasi nul.

Quant aux sanctions, elles devaient avoir valeur d'exemple et étaient donc toujours disproportionnées à la gravité de l'échec.

Stan Mills arriva près du puits anti-gravifique en même temps qu'un groupe de techniciens qui suivaient un robot-serviteur de maintenance.

Il regarda une fille, à demi nue, qui dévoilait ses seins en écartant les pans de sa tunique de cabine dans le même temps qu'elle lui dédiait un sourire à damner un saint, haussa les épaules, pénétra dans le cercle où ne s'exerçait plus la gravité artificielle et commença à s'élever avec lenteur.

Sans y prêter la moindre attention, il vit deux hommes en grande discussion se détourner de lui dès qu'il les regarda. Cette image sortit de sa mémoire à l'instant même où elle y entra et Mills ne s'en rappelait déjà plus lorsqu'il rejoignit enfin le pont 9.

— Ah! ça y est : je me reconnais... Ici les échangeurs thermiques gauches... Le puits oblique pour gagner le self et le tapis de transfert... Encore quatre écoutilles...

Il dut s'écarter pour laisser passer un robot de maintenance qui palpait les parois, à la recherche de la moindre fatigue du zermium.

Lorsque, quelques minutes plus tard il provoqua le soulèvement de son écoutille, il éclata d'un rire sonore et joyeux.

Phrya était allongée, dans le plus simple appareil sur son propre filet de relaxation dans une pose alanguie qui ne dissimulait pas plus les secrets intimes de son merveilleux corps que ses intentions futures.

— Eh bien dis donc...

— Qu'est-ce que tu as été long, mais que faisais-tu ? ronronna-t-elle, la lèvre humide.

— J'étais dans l'astrodôme... Je réfléchissais !

Il s'approcha d'elle et fit courir son index sur le galbe d'un sein ce qui alluma du feu dans ses reins; à ce contact la jeune femme dissimula

— mal — un lent frémissement de tout son être.

— Réfléchir! Réfléchir! Toujours réfléchir... Dans deux U.T.U. nous nous accrocherons à Phobos-Omega-II et là nous serons libres.

Il se pencha sur elle, se débarrassant de ses vêtements d'une main fébrile et embrassa la fraise écarlate d'un sein gonflé et durci. Elle se retourna sur le dos et ses lèvres coururent de son cou jusqu'à ses reins, montant et redescendant le long de sa colonne vertébrale et allumant des milliers d'incendies dans ce jeune corps tout entier dédié aux joies de la chair.

— Stan! haleta-t-elle, griffant les draps... Stan... prends-moi! Tout de suite...

Il ferma les yeux pour empêcher qu'un déferlement trop brusque n'abrège son plaisir.

Phrya se tordit sous sa caresse et l'attira de force contre elle. Son regard à la fois trouble et intense chavira lorsqu'elle sentit le poids de sa virilité.

— Est-ce que ça n'est pas merveilleux? Dis, est-ce que ça n'est pas merveilleux? hoqueta-t-elle, moite d'une trop longue attente.

Il émanait de tout son corps, lorsqu'elle faisait l'amour, une sensualité toute animale qu'elle irradiait à son compagnon et Stan Mills avait fort à faire pour ne pas la prendre là, brutalement, comme une bête, et se laisser balayer par le flux du plaisir qu'il retenait déjà avec tant de peine.

Soudain sous la pression plus forte de ses hanches lorsqu'elle noua ses jambes sur son dos pour s'empaler littéralement sur lui comme si sa vie en dépendait, il l'écartela et la força avec la sublime sensation de la violer un peu...

***

— L'écoutille s'est refermée !

— Est-ce que la fille était toujours à l'intérieur, Wayman ?

— Absolument... Elle n'est jamais ressortie.

— Vous m'en donnez l'absolue certitude ?

— Oui, Premier. Absolument ! renvoya le Garde Noir, appelant son chef par son grade relatif (1).

— Bien, Wayman. Attention : je vais faire déclencher l'isolement du secteur. Restez où vous êtes et appelez-moi sur transvox si jamais il leur prend la fantaisie de ressortir.

Ragg se leva d'un coup de reins et tendit le pulsator à Holboor.

— Allons-y... D'ici dix minutes, ils seront en pleine action... Ce sera plus facile pour toi !... Commandant ? Ici Ragg. L'exécution va avoir lieu... je vous demande de déclencher le verrouillage des écoutilles 65... 634... 264 et 840.

— Le... l'exécution ? s'étrangla Loman.

— Oui. Je vous demande d'isoler cette partie du pont 9.

Loman secoua la tête et songea à cette jeune et belle fille aux cheveux de feu et à la peau légèrement bleutée avec qui il avait parlé et dont il n'avait sauvé la vie en la recueillant dans l'espace que pour mieux l'anéantir quelques heures plus tard.

(1) *La hiérarchie des Gardes Noirs de la Force Galactique est double. D une part une hiérarchie globale en pyramide dont les échelons se passent à l'ancienneté modulée par un coefficient d'affectation. (Le service avancé comptant plus qu'un même service dans un relais galactique, lui même comptant plus qu'un service « au sol » dans un planétoïde de colonisation ou sur Altaï, Terre ou Céphée) et d'autre part une hérarchie particulière à bord d'un vaisseau ou d'une base qui est la hiérarchie relative. Un Garde Noir peut donc être du premier rang sur un spacetanker ou un relais, avec tous les pouvoirs qui s'y rattachent et du vingtième rang, c'est-à-dire subalterne dans la pyramide globale des gardes.*

— Vous avez entendu, commandant ? s'impatienta Ragg.

— Oui... oui, faites ce que vous avez à faire... Mais je crois bien qu'après ça je ne pourrai jamais plus vous voir comme avant.

Loman interrompit la communication et approcha ses lèvres du micro encastré dans son bureau circulaire.

— Attention : le commandant parle ! Exercice de pressurisation secteur 58. Verrouillage immédiat des écoutilles 65, 634, 264...

— Allons-y ! fit Ragg, pressé d'en finir. Et ne fais pas cette gueule-là ! C'est beaucoup plus facile que tu ne le crois, après tout. Moi, le premier type que j'ai dû abattre, c'était un mineur de Tychar qui avait saboté une foreuse. Eh bien il n'a pas fait un pli...

— Pas fait un pli ? répéta Holboor en saisissant le thermique.

— Viens ! (Ragg éclata de rire.) S'ils sont vraiment en train de faire ce que je crois, autant faire vite : qu'ils partent sur une bonne impression !... Sans compter que je ne sais pas combien de temps il tient, le gars ! Ha, ha, ha !

***

Dans la cabine, Phrya cria d'un coup. Elle s'était cabrée et avait roulé sur son amant. A son visage brusquement devenu sans expression, il devina que son plaisir avait atteint son paroxysme et qu'il la balayait de son exquise lame de fond.

Il piocha plus durement en elle et, incapable de se retenir plus longtemps, lui laboura le ventre et les reins de coups de boutoir frénétiques, encore et encore, jusqu'à ce qu'à son tour il sente le feu embraser tout son corps. Un long moment il entendit la jeune femme hoqueter et feuler pendant qu'il se répandait en elle et soudain elle s'amollit, inerte, pantelante, la poitrine humide de ses baisers.

— Stan !... Stan ! Je ne sais pas si c'est ça qu'on appelle l'amour !

Il tenta de calmer les cognements effrénés de son cœur.

— Ecoute ! chuchota-t-elle brusquement.

Il fronça les sourcils et tourna son regard en direction de l'écoutille du petit silo. La jeune femme, interdite, se redressa sur un coude.

— J'ai cru entendre un bruit.

— Un bruit ?... Quel genre de bruit ?

— Un pas... Juste derrière l'écoutille.

— Eh bien oui, ce sont des techniciens ou des migrants qui passent ; il en passe sans arrêt.

— Seulement ces pas se sont arrêtés.

Elle mit les mains sur ses épaules et le força à se coucher de nouveau, après quoi, le dévorant comme une insatiable tigresse, elle entreprit de lui redonner des forces neuves.

Sans qu'ils s'en aperçoivent, l'écoutille craqua faiblement derrière eux.

CHAPITRE VI

Ragg, qui marchait sur la pointe des pieds, s'arrêta devant l'écoutille 665. Si l'on exceptait le discret bourdonnement de la soufflerie, le silence était aussi absolu que la coursive était déserte.

Il colla son oreille à la mince écoutille, mais aucun son ne filtrait de l'intérieur.

Il se retourna vers Holboor dont le visage et le front s'étaient constellés d'une myriade de gouttes de sueur. Il tenait le thermique à la hanche, le pouce sur le bouton d'émission et respirait à petits coups, essayant de faire le vide dans son cerveau et de ne pas imaginer ni ce qu'il allait faire, ni ce qu'il verrait... après !

— Prêt ? fit l'implacable Ragg... Tu tires dès que ça s'ouvre. Si tu hésites une seule fraction de seconde, je te colle un blâme !

— Oui... oui, Premier, articula Holboor d'une voix qui n'était plus vraiment la sienne.

Ragg haussa les épaules, prit le passe magnétique à sa ceinture et l'appliqua contre le capteur. Bien que verrouillée, l'écoutille se releva aussitôt avec son chuintement pneumatique.

— Fonce !

Holboor ploya des genoux et braqua son arme vers le fond du silo.

Tout d'abord il ne vit rien, rien que le rideau du coin toilette et, à droite, l'écran vidéo qui diffusait un programme de musique ininterrompue.

D'un bond, il fit irruption au centre du minuscule silo et braqua son pulsator sur le filet magnétique.

La couche était vide et les draps par terre ainsi qu'une pièce de lingerie féminine.

— Par les hydres de Talmos, Premier !...

— Eh bien ! quoi ! Tire ! Je n'ai rien entendu ! rugit Ragg resté à l'extérieur.

— Ils... ils ne sont pas là... Le silo est vide, Premier !

Ragg chargea comme un buffle.

— Comment ça vide ? Comment ça vide ?

Il tournoya sur lui-même, fonça derrière le rideau du coin toilette, arracha celui-ci, ouvrit à la volée les deux caissons de rangement, se jeta inutilement à plat ventre sous le filet magnétique. L'inventaire était vite fait !

C'est un regard affolé qu'il dirigea vers Holboor qui, l'arme à bout de bras, ne savait quelle contenance adopter.

— Vide !... laissa-t-il tomber d'une voix sans timbre... Vide !

Holboor se mordit les lèvres, se rappela qu'il avait une arme terrifiante dans les mains et s'empressa de remettre le cran de sécurité.

— Ils ont filé...

Ragg foudroya son adjoint d'un regard furieux.

— Filé ? Comment ça filé ? Et surtout pourquoi ?

Une foule de questions se bousculaient dans sa tête. Ragg, comme tous les policiers depuis que le monde est monde, croyait à tout sauf aux coïncidences. Et pas du tout que Phrya et Stan

Mills aient décidé d'aller prendre l'air du temps juste au moment où il avait décidé de les faire passer de vie à trépas.

Il cogna du poing l'encadrement ovale de l'écoutille.

— Incroyable ! Incroyable ! soliloqua Ragg, affolé... Ils ne se sont tout de même pas évaporés...

Holboor, les nerfs à fleur de peau, se pinça les lèvres, fit le tour du silo des yeux et pivota d'une seule pièce face à son chef.

— Et si on les attendait à l'intérieur ? Ils vont bien finir par revenir, non ? Vous, dans ce silo de l'homme, et moi dans celui de la fille !

En fait il pensait qu'ainsi il diminuait par deux les chances d'avoir à tuer puisque Phrya Rutherford et Stan Mills pouvaient très bien décider de rentrer tous les deux dans le silo où il ne serait pas.

— Idiot ! réfuta Ragg. On ne monte pas une souricière dans ces conditions.

— Mais si on les pourchasse dans toutes les coursives, ça va déclencher une vraie émeute avec les émigrants.

Comme Ragg faisait mine de ne pas avoir entendu, Holboor ajouta, atterré :

— Vous les connaissez : ils prendront fait et cause pour eux.

Ragg prit sa décision d'un seul coup.

— Ils les cacheront... Ils les cacheront ! Dans un demi .T.U. nous accrochons le relais-transfert d'Hydraxos et là neuf dixièmes des immigrants quitteront l'hypernef... En mettant les choses au pire, je dis bien *au pire,* c'est là qu'on les coincera. *C'est sans appel.* Viens, filons : on recommence tout à zéro.

— A zéro, Premier ?

— Personne ne nous a vus parce que le secteur

est isolé... Ils ont dû sortir pour une raison ou pour une autre... On reprend la chasse ! Ils ont dû aller prendre un repas... Je pense qu'on arrive peut-être quelques minutes trop tard ! Pas la peine de s'affoler : ils n'avaient aucune raison de se méfier.

Mais Ragg dont le visage s'assombrissait de minute en minute secoua la tête :

— La seule bêtise qu'on est en train de faire, Second, c'est de nous affoler ! Nous sommes très exactement en train de perdre les pédales...

Il éclata d'un rire nerveux.

— Finalement, le Mills, il était moins lent au plumard que je ne le pensais... ou alors la fille était plus experte que je ne le croyais !

Mais en lui-même une petite sonnerie d'alerte tintinnabulait dans son esprit ; sans savoir pourquoi, il avait l'intuition qu'il se trompait.

Il approcha son transvox de ses lèvres :

— A tous, ici Ragg ! Je dis bien à *tous !* Reprise de la chasse Rutherford et Stanek Mills. Recherches à diriger en priorité sur la zone des self-services ! Tous les comptes rendus à silo-sécurité et en codé.

Il s'approcha alors de l'ampli d'un intercom et appela Loman :

— Commandant... Ici Ragg.

— Ahh... vous avez... terminé ?

Loman butait sur chaque mot.

— Non... ça n'a pas marché... Vous pouvez rétablir le passage : faites-le au plus vite, s'ils trouvent les écoutilles bloquées ça peut éveiller leur suspicion, on ne sait jamais.

— Qu'est-ce qui s'est passé ?

— Rien... ou plutôt si : ils n'étaient pas là où on le pensait... La chasse reprend.

— La chasse ! Vous avez de ces mots...

Inconsciemment Loman éprouva une sorte de

soulagement — ridicule — quand il comprit que la belle Phrya et Stanek Mills survivaient encore.

Ragg se tourna vers Holboor qui restait dans l'encadrement du silo de Phrya.

— Eh bien, ne reste pas planté là comme un piquet : la circulation va être rétablie et ils peuvent se pointer ici d'un instant à l'autre en même temps qu'une foule de migrants... Tu veux déclencher une émeute ? Retourne au secteur sécurité et range-moi ce thermique... On recommence tout à zéro, j'ai dit !

Holboor, infiniment soulagé, ne se le fit pas répéter deux fois. Du reste il entendait le fracas de toutes les écoutilles anti-dépressurisation qui se relevaient de coursive en coursive. Bientôt il y aurait de nouveau foule ici.

« ... Sbrodjes ! Mais qu'a-t-il bien pu arriver ?... Tous m'avaient dit qu'ils rejoignaient leur silo... Des crétins ! Je commande une horde de crétins ! » jura sourdement Ragg, inquiet.

Et inquiet il eut bientôt quelques motifs supplémentaires de l'être...

Ni Stanek Mills ni Phrya Rutherford ne se trouvaient au self, à la cafétéria, à l'astrodôme pas plus qu'à la zone des jeux...

Ils étaient *nulle part.*

Ce qui signifiait qu'ils étaient cachés...

Or rien n'avait jamais filtré du message qu'il avait été le seul à pouvoir décoder, personne hormis Loman, ne pouvait, à bord du cosmotanker, connaître la sentence du H.G.C, et de son émanation supérieure : le Suprême Conseil.

Alors pourquoi avaient-ils disparu ?

Ou qui les avait fait disparaître ?

Il ne manquait pas de recoins pour se dissimuler et survivre à l'insu de tous dans ce gigantesque vaisseau de l'espace qui était une petite ville à lui tout seul.

Du moins pendant un certain temps...

Sept heures plus tard, le H.G.C. envoya une nouvelle hyperfréquentielle codée que Ragg déchiffra en tremblant.

Et c'est ainsi qu'il encaissa son premier blâme...

CHAPITRE VII

— Les immigrants portant le numéro d'embarquement de 1048 à 1174 au sas de transfert immédiatement... Je répète : les émigrants portant les numéros d'embarquement de 1048 à 1174 au poste de transfert immédiatement !

Il se produisit l'inévitable bousculade et une nouvelle bordée se rua vers l'unique guichet de filtrage et de vérification.

Depuis deux heures maintenant, le *Swallops* avait achevé son accrochage au relais de transfert d'Hydraxos, terminus pour la plupart des émigrants qu'il avait chargés sur Perséus et qui, dégoûtés des tempêtes de poussière rouge, tentaient maintenant leur chance dans les brouillards torrides des lagunes chaudes...

Il était vrai qu'à Hydraxos la paye y était des plus confortables même si le travail ressemblait un peu à l'esclavage de l'Ancien Temps...

Ragg, tendu, regarda le flot apparaître dès que la barrière électromagnétique eut été escamotée. Il y avait là des hommes hirsutes et braillant de joie, des prostituées pensant qu'elles allaient amasser en peu de temps un formidable pactole dans les trois villes de plaisir des îles flottantes, des travailleurs qui ressemblaient plus à des aventuriers qu'à de futurs pêcheurs de bophar, quelques enfants perdus dans le flot migratoire fortement encouragé par le H.G.C... et d'inévitables fonctionnaires allant rejoindre leur poste et qui, à l'écart, considéraient toute cette agitation d'un air tout à fait réprobateur.

— Pourquoi que c'est si long ? Hein, pourquoi que c'est si long ? glapit une matrone au visage violacé et qui avait foncé sur Ragg dès qu'elle avait aperçu le Garde Noir adossé près du sas d'identification.

— Si on te le demande, ma grosse, tu diras que tu n'en sais rien...

— D'habitude, on passe par paquets de dix ! On a été mille fois fichés depuis qu'on a mis les pieds dans cette épave !

— Peut-être... Allez, circulez ! Attendez votre tour comme les autres ! Vous aurez bien le temps de crever de chaud !

— T'as pas envie de nous voir filer, hein dis-moi ? lança la grosse femme avec un sourire obscène.

— Oh que si alors...

— ... Début de rixe secteur 2... Début de rixe secteur 2..., annonça un haut-parleur.

Ragg porta aussitôt son transvox de poignet à ses lèvres :

— Sécurité ? Ici Ragg, trois hommes au secteur 2 et que ça saute !... A combien restez-vous ?

— Sept en tout, précisa Holboor... S'il se produit quoi que ce soit ailleurs...

— Je sais, merci !

Il fit quelques pas et lança un coup d'œil vers trois Gardes Noirs en train d'essayer de contenir un flot d'émigrants vociférants qui tentaient de forcer le passage pour arriver inutilement plus vite au couloir d'identification.

Des cris et des injures fusaient.

Le spectacle habituel.

Il s'approcha d'un hublot, de plus en plus nerveux au fur et à mesure que les migrants quittaient le *Swallops* pour pénétrer dans la base-relais en orbite autour d'Hydraxos.

« ... Par Belpor !... Ils vont bien essayer de filer, non ?... S'ils passent ici, je les coince aussitôt... S'ils restent dans le vaisseau, alors je les coincerai dès qu'il sera vide... »

Il approcha son visage du lympar glacé du hublot et laissa plonger son regard dans l'incroyable perspective du relais-base qui paraissait suspendu au-dessus du gigantesque globe bleuâtre d'Hydraxos.

Trois millions d'hommes et de femmes travaillaient comme des forçats sur les îles flottantes et les lagunes. Si jamais Phrya et Mills parvenaient à s'échaper, il irait lui aussi rejoindre ceux qui, à bord des speeders, récoltaient les algues nutritives...

Comme son chef avait rejoint les mines de Tychar dix ans plus tôt...

Et Ragg avait peur... De plus en plus peur...

Finalement, il n'y tint plus et pénétra dans le couloir d'identification brillamment illuminé.

— Suivant ! vociférait Holway.

L'émigrant qui se profila avait la carrure d'un athlète, son visage était olivâtre et comme soyeux. Il était vêtu d'un de ces bourgerons gris que l'on distribue à ceux qui travaillaient dans les carrières d'Altaïr.

— Scuman ! Trente-sept ans... Pêcheur, scanda-t-il.

— Pêcheur ! Pêcheur, c'est vite dit ! Peut-être bien que tu nettoieras les bottes des mécanos d'un speeder ! rigola méchamment Holway toujours ravi de balayer les espoirs des émigrants.

Le Garde Holway était un homme qui n'aimait personne à part lui-même et qui le faisait savoir en permanence...

Il appliqua le testeur sur l'épaule droite de l'homme et posa son front contre l'appui de caoutchouc : en lettres bleuâtres apparut la mémoire qui avait été greffée dans l'épaule de l'homme dès sa naissance.

— Ça va, tu peux passer... A bientôt !

— Vous êtes pas près de me revoir dans ce rafiot pourri !

— Il y a des dizaines de gars qui m'ont dit ça à cet endroit même, figure-toi... Tâche de pas crever avant... *Suivant !*

Ragg s'approcha et le Garde, en l'apercevant, se leva de son siège.

— Reste assis. Continue... Rien vu ?

— Non. Avant moi c'était Trollar qui tenait le testeur, rien vu non plus... Certainement ils attendent pour passer les derniers, ils comptent sur notre fatigue !

— Oui, j'aimerai bien en être sûr.

Une femme se présenta, elle posa son container de pralon, l'unique bagage que le règlement d'immigration autorisait et qu'un faisceau de lumière cohérente commença à disséquer aussitôt et s'assit sur le siège que venait de quitter le géant.

— Sylya Weker...

— Tu vas faire la pute ? demanda Holway en appliquant le testeur sur son épaule sans pourtant avoir effleuré ses seins au passage comme il le faisait toujours, en raison de la présence de son chef à ses côtés.

— Espèce de salopard : je vais rejoindre mon mari !

— Fichtre ! T'as raison. Ça manque de femmes sur cette planète du diable ! J'y suis déjà descendu deux fois : c'est la croix et la bannière pour en trouver une de libre... C'est bon : au suivant !

Ragg tourna la tête.

C'était lui qui avait exigé cette nouvelle identification au débarquement : d'habitude ça ne se faisait jamais. Et tout le monde avait râlé : l'équipage du *Swallops* comme ceux de la base-relais et aussi les types de l'A.P.H.G. sur Hydraxos qui attendaient le dernier contingent d'émigrants.

Mais il avait tenu bon : de toute façon pour lui c'était une question de survie. Les Gardes avaient pratiquement *tous* les droits dans cette société, sauf un seul : échouer dans une mission...

Alors on leur faisait payer cher leurs anciens privilèges.

« ... Non, ce n'est pas comme ça qu'on les aura... Bien sûr qu'ils sont au courant du nouveau filtrage... S'ils n'avaient aucune raison de se planquer vraiment, maintenant ils en ont une... »

— Suivant ! brailla Holway qui venait d'expédier un technicien de la Spacomac qui rejoignait son chantier.

Une femme assez jolie, mais au sourire vulgaire, se présenta.

— Alors, mon chou, tu veux tout savoir de moi ? ricana-t-elle en pénétrant dans le couloir.

— Assieds-toi là et ne bouge pas ! renvoya Holway... Alors on va faire les délices des acrobates des speeders ?

Ragg quitta le couloir et retourna dans le hall de transfert. La foule, qui s'impatientait, se faisait de plus en plus houleuse. Il intercepta les regards inquiets des trois malheureux Gardes qui la contenait au-delà du couloir.

— Donnez-moi un mégaphone !

Un garde le lui tendit aussitôt.

— Ecoutez tous ! Ce contrôle est long, c'est

vrai... Mais il y a eu crime, mentit-il. L'un de vous est un assassin : nous savons qui c'est... Et c'est ici que nous l'attendons ; il faudra bien qu'il sorte. Vous ne voulez pas d'un assassin sur Hydraxos ? (Où il y en a déjà pas mal, compléta-t-il en lui-même) Alors un peu de patience ! Et cessez d'insulter mes hommes : ça ne vous fera pas débarquer une seconde plus tôt du *Swallops !*

Il rendit le mégaphone en songeant que s'il se produisait une ruée, que bien sûr il ne pourrait endiguer, Phrya et Mills, qui devaient être cachés derrière la cohue qui vociférait à l'entrée du hall, profiteraient immanquablement de la panique qui s'en suivrait pour filer.

« ... Et il y avait trois millions d'hommes et de femmes sur Hydraxos, tous plus ou moins en situation irrégulière du reste, alors pour les récupérer... »

Il avisa le Garde le plus proche, un jeunot dont c'était la première trajectoire spatiale et qu'on avait soigneusement mis en arrière pour lui éviter de perdre les pédales en cas de bagarre généralisée.

— Scotar ? Va prendre deux thermiques au secteur sécurité et ramène-les ici, ça sent de plus en plus mauvais...

— C'est vrai qu'ils deviennent de plus en plus nerveux, hein ?

— Je ne t'ai pas demandé l'histoire de ta vie, Scotar ! Fais ce que je te dis et boucle-la !

Ragg avisa alors Holway en train de contrôler un homme à la peau cuivrée.

— Je vais voir le commandant Loman pour mettre au point la fouille de cette YC-10 si le filtrage ne donne rien. Ouvre l'œil !

Il quitta le hall de transfert et, insensible au merveilleux spectacle du relais orbital illuminé qui se profilait en ombre chinoise sous le globe d'Hydraxos, emprunta le puits anti-gravifique le plus proche et gagna la sphère de télécontrôle.

Loman se trouvait dans son bureau. Seul. Enfoncé dans son fauteuil, il observait sur une batterie d'écrans ce qui se passait dans le hall de transfert.

— Alors, Ragg... Toujours rien ? Deviennent nerveux on dirait...

Le Garde Noir dénota comme une pointe de joie fielleuse dans sa voix.

— Non, rien, abrégea-t-il. Commandant, je voudrais vous parler de la suite... Je veux dire *après*, si nous ne les capturons pas évidemment... Attention : le secteur 67 sera isolé dix minutes pour un essai de pressurisation...

Loman passa une main rapide sur son crâne chauve et arqua ses sourcils blancs.

— Après, Ragg ?

— Nous avons 2812 émigrants à bord, nous en débarquons ici 2740, il en restera donc 72... plus l'équipage. Si jamais ils restent à bord... alors il nous faudra faire une fouille totale du *Swallops* dès que vous vous serez mis en trajectoire sur Phobos-Oméga-II, le prochain relais... Deux hommes de la Maintenance aux échangeurs thermiques, je répète : deux hommes de la Maintenance aux échangeurs thermiques...

Loman poussa un soupir.

— Mais que leur reproche-t-on au juste ?

Ragg, qui triturait nerveusement son collier de barbe, eut un geste d'impatience qu'il ne chercha même pas à dissimuler.

— Ça, ce n'est pas mon problème...

— Oui, bien sûr...

— Arrêt des deux servomoteurs des tuyères de manœuvre, commandant ! signala une voix de femme.

La main de Loman rampa vers un clavier alphanumérique.

— Merci, Scya.

Il se leva et commença à arpenter son bureau circulaire, tournant autour de Ragg.

— Le *Swallops* est une véritable fourmilière, Ragg... Il vous faudra du temps !

— Je sais, mais ils nous faut deux U.T.U. trois quarts pour atteindre Phobos-Oméga-II... ce que je suis venu vous demander... Etanchéité soute catapultage et ouverture sas interne d'embarquement...

— Mais... les trois cents vingt-sept hommes et femmes que je dirige feront ce que vous leur demanderez de faire, répliqua Loman qui savait très bien à quoi s'en tenir sur ce sujet.

Ragg, énervé, balaya l'air du bras.

— Oui, je sais ! Je sais ! Je sais !... Mais tout ça ce sont des mots... Ce que je voudrais, moi, c'est une collaboration active !

— De la délation, vous voulez dire ?

Ragg fusilla le commandant Loman d'un regard outré.

— L'exécution des ordres du Suprême Conseil, commandant ! Ne jouons pas au chat et à la souris... Shuttle 7 réactivé. Elévation des panneaux anti-souffle. Lancement gyroscopes de stabilisation... Tout le monde au poste.

— Je ne vais tout de même pas rassembler tout mon équipage dans la sphère de télépilotage et lui dire : « Le petit vilain qui cache Phrya Rutherford et Stanek Mills est prié de bien vouloir les restituer aux Gardes Noirs ! » Ils me riraient au nez...

Pour un peu, Ragg aurait sauté au cou de Loman. Pour l'étrangler.

— C'est bien pourtant ce que vous allez leur dire, aboya-t-il, livide, et en plus vous leur direz que si, lorsque je les aurai attrapés et fait parler, j'apprends que l'un d'eux a aidé ou favorisé ou même seulement était au courant de leur présence et de qui les cachait, alors ils subiront le même sort qu'eux !

— Vous n'allez tout de même pas... s'étrangla Loman.

— ... Evacuation des secteurs périphériques pour le catapultage... Compte à rebours enclenché...

— *C'est la loi !* hurla Ragg : toute personne qui cache, protège ou favorise la fuite d'un...

— Oui, ça va ! Ça va ! Cet article-là tout le monde le connaît par cœur... C'est bon, Ragg, dès que le transfert sera achevé, je rassemblerai mon équipage et je leur donnerai l'ordre de vous aider...

— *Count-down* moins deux minutes trente-deux. Antennes directionnelles et radar de proximité escamotés sous les barrières antithermiques...

— Aidez-moi, commandant ! gronda Ragg, les yeux luisants. Aidez-moi !

— Ou il m'en coûtera cher ?

— Ce n'est pas ce que je voulais dire !

— Vous crevez de peur, Ragg... Est-ce que vous croyez que ça ne se voit pas ?

Loman fronça soudain les sourcils, fit un bond vers sa table de contrôle et activa un écran. D'un seul coup un des messages de routine qu'il écoutait d'une oreille distraite venait de le mettre en alerte.

— Sygma-5, ici Loman.

— Secteur lancement, commandant, modula une voix féminine.

— Qu'est-ce que c'est que ce catapultage, je ne me souviens pas de cette mission ! On n'en avait pas parlé avant l'accrochage.

— Un C.D-8 « Explorer ». Le 4, commandant.

— Hein ? Où va-t-il ? Qui le pilote ?

— Une seconde, commandant : je me renseigne !... La climatisation du secteur 59 vient de shunter... Une équipe de Maintenance est demandée secteur 59... Je dis secteur 59...

Ragg, resté sur le pas de l'écoutille, ouvrit la bouche mais le message suivant lui coupa la parole :

— C'est étonnant, commandant... Ce catapultage n'est pas répertorié.

— Et le pilote ?

— Rien non plus... Le chef de pont n'était pas au courant. Il croyait à un vol de routine ordonné par vous et... ceci ne se passe jamais, n'est-ce pas ?

— Stoppez le compte à rebours et que ça saute ! articula Loman sans se départir de son calme. Et que ça saute j'ai dit.

— Bien, commandant... Tout de suite, commandant.

« ... L'ingénieur Ralwax est demandé dans le secteur du photonique. L'ingénieur Ralwax est demandé... »

Loman coupa la réception d'une chiquenaude sur un minuscule levier de zermium.

— Voilà où ils se trouvent vos condamnés à mort... Juste en train de foutre le camp du *Swallops* par la porte de service ! (Il écarta les deux mains et ne put s'empêcher d'avoir un sourire épanoui.) Pas plus difficile que ça, vous voyez !

— Sbrodjes ! hurla Ragg... les yeux fous... Ce n'est pas vrai ! Dites, ce n'est pas vrai ?

— Faut croire que si, rigola Loman. Allons-y ! On va les coincer au poteau.

Ragg se précipita sur le pupitre.

— Vous permettez ?... Ici Ragg ! Tous les Gardes à l'exception de ceux du hall de débarquement dans le secteur catapultage-appontage ! Je répète, tous les Gardes au secteur 67. Immédiatement !

Ragg, les yeux exorbités, croisa le regard neutre de Loman avant de se ruer dans la sphère de télécontrôle sous l'œil étonné des techniciens les plus proches.

Il se retrouva presque en même temps que Loman dans le tunnel de transfert. Pour la première fois, il n'y côtoya pas la foule habituelle des immigrants essayant de vendre quelques pacotilles à l'équipage, les filles trop fardées adossées aux cloisons et les Gardes Noirs patrouillant par deux.

— ... Par les hydres de Talmos, grommelait Ragg qui se rongeait les sangs, si jamais ils parviennent à quitter le bord, alors c'en est fait de moi !...

Il se retourna brutalement vers Loman et cria comme s'il l'accusait de ce qui se passait :

— Mais qui pilote le C.D-8, hein ? Qui pilote l'Explorer ? C'est bien un de vos pilotes, non ?

Loman, qui avançait par petits bonds rapides, haussa les épaules. Sa calvitie ruisselait de lumière d'une manière rythmique chaque fois que, emporté par le tapis de transfert, il passait sous un flood.

— Vous savez très bien que je n'en sais rien... Que je n'en sais *encore* rien.

— En tout cas, ça va lui coûter cher, vous pouvez compter sur moi ! grinça Ragg.

Rameutés par l'appel de Ragg sur le général, trois Gardes effarés surgirent d'une coursive latérale et sautèrent en voltige sur le tapis de transfert.

— S'agit de stopper un C.D-8, les types qu'on cherche sont à l'intérieur.

— Rien ne prouve que ce Mills n'ait pas obligé

le pilote à faire ce qu'il fait sous la menace d'une arme ! lança Loman qui, inconsciemment, cherchait déjà à protéger son équipage.

— Alors l'enquête le dira, croyez-moi... Je passerai tout le monde sous le casque ! Vous pouvez me faire confiance...

« ... Ooh ça oui... » songea Loman.

Ils parvinrent à l'extrémité du tapis de transfert et sautèrent sur le plancher de métal d'un bond léger en raison de la très faible gravité. Tout de suite surgit un homme en justaucorps bleu électrique barré d'un triangle pectoral jaune vif.

— Commandant, fit-il affolé, ils ne répondent à aucun appel.

— Allons-y, Growler... Où en sont-ils ?

— Au préchauffage des tuyères, enfin, je veux dire des injecteurs.

Courant à demi, Loman entraîna tout le monde à sa suite dans ce que l'on appelait le blockhaus de catapultage et qui était en somme la tour de contrôle du *Swallops,* à cette différence près qu'elle se trouvait dans les profondeurs de la grande hypernef.

Il y régnait une fièvre inaccoutumée.

— Coupez vos injecteurs ! Coupez vos injecteurs ! hurlait un technicien qui portait le même justaucorps que Growler.

Loman se figea devant un écran. Le C.D-8 semblait déjà reposer sur une base de flammes. Visiblement, il montait en puissance en catastrophe.

— Est-ce que vous avez la liaison ?

— Euh... c'est-à-dire qu'ils nous entendent, balbutia Growler, ils nous entendent mais ils refusent de répondre.

— Qui pilote ? Hein, qui pilote ? grondait Ragg qui semblait prêt à mordre tout le monde.

— Aucune idée !... J'ai fait l'appel des pilotes :

ils ont tous répondu. Pas de mission pour le moment !

Loman cogna de son poing contre l'écran vidéo. Les flammes des tuyères viraient graduellement du rouge vif au bleu argenté. Lorsqu'elles seraient d'une blancheur aveuglante, alors celui qui drivait l'engin pourrait mettre toute la gomme et se catapulter hors du puits-réceptacle.

Loman se tourna vers Growler dont le menton tremblait.

— Mais alors... ils sont dans la phase terminale ! Je veux dire dans la phase automatique...

— Oui, commandant, avoua Growler, livide, on ne peut plus rien faire pour les arrêter maintenant.

— Micro !

— Le pilote ! Le nom du pilote ! scandait Ragg près d'une table traçante. Je veux son nom !

Les Gardes Noirs rentraient l'un après l'autre et la salle de contrôle s'emplissait peu à peu de leurs sinistres uniformes. Une atmosphère de catastrophe planait alentour.

— Mais puisque je vous dis qu'ils ont tous répondu présent ! s'insurgeait un jeune technicien que la vue de l'uniforme n'impressionnait pas du tout.

— Appel des pilotes ! Je veux les voir tous, les compter !

Loman arracha presque le micro des mains de celui qui le lui tendait :

— Explorer, ici le commandant Loman ! Stoppez immédiatement la procédure de catapultage ! Je dis : stoppez immédiatement la procédure de catapultage !

Il attendit vainement une réponse qui ne vint pas.

Les six minces fuseaux de lumière sous l'Explorer blanchissaient peu à peu. La plaque antithermique sur laquelle reposaient les huit longs verins d'atterrissage était devenue écarlate.

— Explorer, ici le commandant ! Vous n'avez aucune chance !

« Il sera tenu compte que vous avez obéi... C'est le droit à l'erreur. Stoppez les injecteurs... »

Fasciné, il observait les six langues de feu qui vrillaient leur dard de lumière dans le noir cosmique.

— Mais alors qui pilote ? vociférait Ragg. Ce Mills ?

— Impossible ! lança un pilote présent dans le blockhaus de lancement et d'appontage. C'est moi qui ai été le rechercher quand il a raté son interception avec le *Swallops*... Ce type ne sait pas piloter autre chose qu'un spacemodule de Maintenance... et encore...

— Vous en êtes certain ? frémit Loman qui savait très bien ce que cela signifiait pour lui et son équipage.

— Absolument...

Ragg pivota vers Loman et celui-ci serra les poings.

— Regardez !

Ce ne fut qu'un cri : la navette, s'entourant brutalement d'un Niagara de flammes pourpres, se hissait vers la nuit cosmique. En quelques secondes elle ressembla, vue du dessous, à une gigantesque boule d'or, puis elle commença à déraper de plus en plus vite sous la voûte d'étoiles.

Alors tous virent les épaules de Loman s'affaisser et son visage se décomposer tandis que d'un pas lourd Ragg marchait vers lui.

CHAPITRE VIII

Stanek Mills ressentit avec un véritable soulagement le coup de pied de l'accélération et Phrya, dont le cœur cognait à tout rompre, poussa un faible cri lorsque le C.D-8 Explorer se catapulta comme un ascenseur fou vers les étoiles.

— Wooof!... J'ai l'impression d'avoir laissé mon cerveau dans la soute, souffla-t-elle d'une voix évanescente. Quelle accélération!

— Mieux valait ne pas traîner, n'est-ce pas? grommela le vieux pilote.

Moins de dix secondes plus tard, lorsqu'il fut parvenu assez loin du *Swallops* pour que la flamme n'y provoque aucun dommage, Klynn connecta la tuyère principale et le C.D-8 bondit, plus vite encore, vers les couches denses de l'atmosphère nébuleuse d'Hydraxos.

Le cœur au bord des lèvres, Stanek Mills se tourna vers la jeune femme et referma ses doigts comme des serres d'oiseau de proie sur l'une de ses épaules. Cette furtive étreinte sembla lui rendre un peu d'empire sur elle-même.

— Vous croyez qu'ils vont nous poursuivre?

L'étrange personnage, surgi dans leur vie comme le Messie à l'heure où ils allaient être exécutés et qui ressemblait à quelque vieux saurien tant son visage était ridé et sa mâchoire proéminente, secoua la tête.

— Aucune chance ! Le temps qu'ils catapultent un autre C.D-8, nous serons au sol... Attention, ça va secouer : nous allons crever les premières couches de l'atmosphère.

Mais le C.D-8, bien qu'il fonçât comme un véritable météore vers Hydraxos, restait plus stable qu'un vieux cargo terrestre.

En moins d'une minute le relais orbital, éclairé comme un arbre de Noël dans le noir cosmique avait disparu, comme happé par le néant.

— Vous avez vu, il faut vingt longues minutes pour faire monter un Explorer en puissance. Dans vingt minutes il y aura belle lurette que nous serons sur l'île flottante. N'empêche, je me demande bien comment on a été dénoncés...

Phrya, calmée mais qui entendait encore les cris de Loman dans l'interphone de bord avant que les câbles ne soient arrachés par le catapultage, se pencha en avant entre le vieux Klynn qui pilotait et Mills qui, le visage convulsé, fermait les yeux.

A cet instant le module commença à vibrer, de plus en plus fort.

— Mais qui êtes-vous... Klynn ?

L'homme au visage de saurien eut un sourire énigmatique :

— Je vous ai dit que ce n'était pas des questions à poser...

Il sembla chercher ses mots, réfléchit un moment, ajouta du bout des lèvres :

— Il est des structures totalement invisibles dans notre société moderne, voyez-vous. Des structures millénaires ! Et peut-être même multimillénaires... Bien entendu vous n'en saurez pas plus ! Notre existence repose sur notre secret...

Le C.D-8 trépidait violemment, tous les écrans

s'éteignirent dans le même temps que Klynn coupait la tuyère principale et ne laissait qu'une énergie de base sur les six tuyères de manœuvre : le C.D-8 Explorer venait d'entrer dans le plasma. Aveugle et sourd, il chutait comme une bombe vers la planète lagunaire.

— En tout cas vous pilotez ça comme un jouet...

Le vieil homme eut un rire bref.

— J'ai commencé comme pilote de module au temps de la remise en atmosphère d'Altaïr... Ça s'appelait des Invader à l'époque : après je suis passé sur Explorer... Dix ans à me taper les fesses dans ce « piège »... et puis j'ai dû quitter la branche. Trop vieux !

Sous l'effet de l'implacable décélération il éprouvait une légère gêne à s'exprimer.

— Je suis ingénieur dans les spacecoms maintenant. C'est moins remuant !...

— Mais comment avez-vous su que ce Garde Noir avait reçu l'ordre de nous... de nous éliminer ?

N'osant encore croire à ce qu'elle avait vécu, Phrya avait buté sur le mot...

— Ceci est mon secret... En fait je n'ai jamais su que Ragg — que l'enfer ait la couenne de ce monstre ! — avait reçu l'ordre de vous éliminer tous les deux car les messages de ce genre sont tous systématiquement codés et c'est lui qui a la clé du jour... Les Gardes Noirs sont un monde à part, vous savez... Bon Dieu c'est long cette rentrée..., s'essouffla-t-il... Mais moi j'ai reçu un message aussi. Juste en même temps et je savais ce qui allait vous arriver !

— Vous ? s'étrangla Mills, mais alors vous travaillez dans...

— Ttt ! Ttt ! Ttt ! Pas de déduction hâtive, j'ai seulement dit que j'avais reçu un message.

— En codé aussi alors ?

— Mais non... en clair... Sbrodjes, ça n'en finit pas... Il est des messages qui semblent bénins et qui peuvent dire beaucoup de choses, vous savez, suffit de connaître un répertoire par cœur.

Un klaxon se mit à vrombir dans l'habitacle, il y eut encore quelques soubresauts et d'un seul coup toute impression de freinage s'estompa. Le C.D-8 Explorer, venait d'achever sa « percée ». Klynn, ses deux mains parcheminées étendues à plat sur le clavier semi-circulaire, provoqua l'éjection des toutes les caméras vidéos, celle des patins d'atterrissage, le positionnement automatique sur radiobalise et braqua les tuyères de manœuvre pour le basculement.

— Assez de questions ! regardez plutôt ce magnifique petit enfer dans lequel vous dégringolez !

L'écran frontal renvoyait l'image d'une immense étendue d'eau jaunâtre, presque couleur de soufre, striée çà et là du sillage de nombreux bateaux aux formes de lentilles. Certains se traînaient sur l'eau, dessinant un long sillage en « V », d'autres effleuraient à peine la surface ocre et se propulsaient beaucoup plus vite.

— Voilà ! Toute l'activité d'Hydraxos est résumée dans ce que vous voyez, annonça Klynn qui venait de faire virer le C.D-8, ce qui plaquait littéralement Phrya et Mills à leur siège. Ce que vous voyez, ce sont les speeders, les ramasseurs d'algues. Le bophar ! C'est bourré de lipides et on en fait des doses nutritives.

Il marqua un instant de silence et ajouta d'une voix sourde :

— Si ce planétoïde avait été colonisé à l'époque du grand holocauste de 2042, quand toutes les zones agricoles terrestres ont été irradiées pour deux générations, alors des milliers, que dis-je : des millions d'humains auraient pu survivre...

Mills lui jeta un regard en coin, de plus en plus intrigué par cet homme étrange, qui ressemblait à un aventurier, était philosophe et lui avait sauvé la vie in extremis.

Car il avait vu Ragg et Holboor gagner son silo, le thermique au poing. Ils s'étaient juste croisés parmi d'autres émigrants sur le tapis de transfert, mais suffisamment loin de leur silo déjà pour qu'aucun des deux Gardes Noirs ne fasse attention à eux.

Il s'en était fallu d'un cheveu.

Asservie sur le nouveau cap, la centrale inertielle dirigeait l'Explorer à vitesse réduite à environ trente mille pieds au-dessus de la surface des eaux.

— Ah ! tenez ! il y en a un qui décolle... Il a dû enregistrer un écho !

Klynn braqua l'une des caméras sur un *speeder* et tous virent que celui-ci, après avoir longuement accéléré sur l'eau couleur safran, se soulevait lourdement au-dessus des vagues et continuait à planer sur son coussin d'air.

— A cette vitesse-là, ils ne peuvent pas les rattraper.

— Ils ? Qui ça « ils » ?

— Ah ! Voilà l'île flottante... C'est maintenant qu'il va vous falloir jouer serré... Comment ? Ils ? Les macrophages ! Ce sont en fait les habitants légitimes de ce planétoïde. Il y a deux sortes d'êtres vivants dans ces fonds sous-marins : les céphalosaures qui sont des sortes de méduses de plusieurs tonnes qui évoluent à toutes les profondeurs et ne présentent pratiquement aucun danger sinon par les sécrétions des filaments qu'elles laissent traîner à des kilomètres derrière elles et qui sont empoisonnées, et les macrophages qui sont des sortes de lentilles souples, de plusieurs tonnes elles aussi et qui sont leurs prédateurs naturels.

Une mince frange plus sombre que la surface des eaux venait de se poser à l'horizon. Phrya, qui n'écoutait pas, regardait fascinée approcher l'immense île flottante.

Le vieux Klynn passa une langue rapide sur ses lèvres craquelées.

— Les macrophages se nourrissent de la substance molle des céphalosaures et leur manière d'attaquer est très simple. C'est plus un assassinat qu'un combat. Elles fondent sur la méduse dès qu'elles en ont repéré une, s'y collent comme une ventouse, et l'aspirent directement par leurs milliers de bouches... L'ennui, c'est que ces monstres au cerveau minuscule ne font pas la différence entre un céphalosaure et un *speeder* en train de récolter le bophar !... Il y a eu beaucoup de morts au début de la mise en exploitation de ce planétoïde. On a tout essayé, de les empoisonner, de les chasser, de les éperonner... mais ils sont ovipares ces imbéciles et ce sont des grappes d'œufs qu'ils pondent !... A l'époque il y a eu des aventuriers qui se sont fait des fortunes dans la chasse aux macrophages avant qu'elle soit abandonnée : maintenant les speeders sont conçus de manière à hydroplaner dès qu'ils en ont repéré un au sonar. C'est beaucoup plus efficace, et pourtant chaque année il y a des centaines de morts sur Hydraxos à cause de ces charmantes bestioles. Attention maintenant !

Le vieux Klynn se courba légèrement en avant et provoqua le soulèvement d'un petit manche télescopique. Plusieurs écrans s'éteignirent et furent remplacés par l'image frontale de l'horizon brumeux. Tout aussitôt le radiophare de l'île flottante commença à faire entendre son ping-ping rythmique et, d'une légère impulsion sur le manche, Klynn asservit la centrale inertielle sur son écho.

— En face, c'est Cushing, la plus grande des trois îles flottantes. Il y a aussi Sylba à l'ouest et Tarmagor à cent mille *miles* d'ici dans la zone australe.

— D'où viennent ces noms ? demanda Mills qui pensait à autre chose.

— Ce sont les noms des trois hommes de l'équipage qui, il y a une centaine d'années, a le premier effectué une descente en orbite basse sur Hydraxos. Leur *Star Warrior* a tenté de se poser sur ce qu'il pensait être la terre ferme... malheureusement ce n'était qu'un amas d'algues comme vous en voyez un sur la droite. Le bophar nutritif. En touchant l'eau, leur vaisseau a immédiatement explosé... ça leur a évité d'être dévorés par les macrophages ou de périr noyés. Cushing était le chef de mission.

Le C.D-8 avait perdu presque toute son altitude et commençait à éventrer les couches de brouillard qui stagnaient en permanence au-dessus de l'océan géant. Mills et Phrya virent glisser un des speeders dont avait parlé Klynn et qui, à l'aide d'une énorme suceuse, ramassait des tonnes d'algues à la minute, puis les détails de Cushing se précisèrent peu à peu.

On apercevait les inélégants silos cylindriques des habitations, le port en forme de pince de crabe géante ainsi que, ô miracle, quelques végétaux importés de Terre ou d'Altaïr et difficilement acclimatés dans l'atmosphère saline d'Hydraxos.

Mills, après un long moment de silence, murmura à l'adresse de Klynn qui laissait faire la centrale inertielle pour l'approche :

— Rien ne se fait sans raison, n'est-ce pas, monsieur Klynn. Vous risquez votre peau pour sauver la nôtre, les Gardes Noirs vous pourchasseront, vous deviendrez un condamné à mort tout comme nous et...

Mais le vieil homme secoua sa tête creusée de rides et un sourire cannibale éclaira son visage buriné.

— Faux ! Personne à bord ne se doute que je sais piloter un C.D-8 et, par ailleurs, je ne suis pas de service avant le décrochage d'Hydraxos, ce qui me laisse tout le temps de remonter en orbite. Nous autres, de la Cosmopac, sommes beaucoup moins contrôlés que les émigrants... C'est dans les vingt minutes après mon atterrissage que je risque ma peau, mais après tout ira bien pour moi comme pour vous.

— Mais pourquoi ? demanda Phrya.

— Vous n'imaginez tout de même pas que je vais me poser sur le spatioport où l'alerte doit être donnée, non ?

— J'en reviens à ma quest...

— Ah, ne m'interrompez pas quand je parle, j'ai horreur de ça. Vous voulez savoir pourquoi j'ai fait ça ? Eh bien la réponse est simple : *je n'en sais rien*. Il y a, dans les très hautes sphères de notre société, voire même dans les deux ou trois premiers cercles des Concepteurs, quelqu'un qui a décidé que vous deviez rester en vie ! Et il a fait ce qu'il fallait pour...

— Mais qu'avons-nous fait ?

Klynn haussa les épaules.

— Ça, c'est votre problème, pas le mien ! Dans une heure je ne vous connaîtrai plus et je vous demande de m'oublier aussi. Mon rôle s'achève à l'instant où je vous aurai remis entre les pattes de Huss.

— Huss ?

— Le chirurgien.
— Quoi ? sursauta Phrya ? Quel chirurgien ?
— Mes ordres prescrivaient de vous faire changer d'identité. Où pensiez-vous aller avec le quartz qui vous a été greffé sous le bras ? Vous ne feriez pas cent pas sans être interceptés, on peut compter sur les Gardes Noirs pour multiplier les contrôles : ils pullulent dans les trois îles pour mater d'éventuelles rébellions des pêcheurs.

Cushing prenait tout l'écran frontal maintenant. Klynn découpla la centrale inertielle et reprit le manche, ce qui provoqua une faible oscillation du lourd C.D-8. L'île était, comme il fallait s'y attendre, totalement plate. En raison de la brume de l'atmosphère sursaturée d'humidité d'Hydraxos, de larges portions en restaient invisibles. Autant qu'on pouvait en juger à cette altitude, la voie périphérique était le siège d'une intense circulation de glisseurs ainsi que le quartier portuaire où tout un écheveau de pipe-lines souples connectés à des suceuses aspiraient directement le bophar dans les soutes des speeders à quai. Le lichen était ensuite déshydraté et comprimé en balles qui s'amoncelaient en d'extraordinaires pyramides sur les docks.

Bien que concentré maintenant sur son pilotage dont la phase finale requerrait de lui tout son savoir-faire, Klynn marmonna :
— Huss est un Compagnon aussi... Il vous changera d'identité en attendant la suite.
— Quelle suite ? interrogea Phrya qui sentait l'angoisse tarauder de nouveau son cerveau.
— Je suppose que là-haut, dans les hautes sphères des premiers cercles, on ne fait rien pour rien, n'est-ce pas ? S'ils veulent vous conserver en vie c'est dans un but précis... que je ne connais pas. Taisez-vous maintenant... Ah, une chose : dès l'atterrissage faites exactement ce que je ferai

sans poser de question... Et puis il vous faudra trouver des vêtements comme on en porte sur Cushing-West... Il vous faudra apprendre la pauvreté aussi : là-bas on vous égorgerait simplement pour le justaucorps que vous portez !

Il passa la langue sur ses lèvres minces et conclut :

— Personne n'imagine ce qu'est vraiment la vie sur Hydraxos...

Le C.D-8 arriva à vitesse lente au-dessus de la forme ovale de la gigantesque île flottante et commença à descendre. Mills et Phrya dévoraient des yeux ce que les trois écrans restituaient devant eux : ils virent les silos cylindriques grossir peu à peu ainsi que les étranges routes spirales qui permettaient aux glisseurs de joindre le sommet des pyramides.

— Je vais me poser près d'un speedway, inutile de courir, n'est-ce pas ? D'ailleurs, à mon âge, ce n'est pas conseillé ! De toute façon nous sommes au-dessus de Cushing-West, c'est-à-dire l'endroit le plus éloigné de tout ce qui porte un uniforme et surtout du spatioport. J'espère quand même que vous êtes doués pour la course à pied...

Une des tuyères de positionnement se mit à vomir de longs jets de flammes dès que le radioaltimètre indiqua l'approche d'une surface solide. Klynn orienta le C.D-8 vers un terrain métallique plat entre le croisement de deux speedways sur lequel filaient quelques glisseurs en forme de bulles ovoïdes.

Tous les propulseurs se déclenchèrent alors pour neutraliser la formidable inertie du C.D-8 et celui-ci, après avoir violemment trépidé en raison de l'énergie développée, toucha rudement la plate-forme métallique.

— A vous de jouer maintenant ! lâcha Klynn

en faisant d'un coup de poing sauter sa plaque ventrale.

Il traversa rapidement la soute dont il fit jouer le sas. Mills sur ses talons, il pénétra en même temps que Phrya dans le cylindre et provoqua l'ouverture de la coque blindée.

Ils suffoquèrent tous trois avec l'impression de pénétrer dans un sauna. La température devait avoisiner les quarante degrés et l'air chargé d'humidité était sirupeux et lourd en dépit du vent de la lagune balayant sans arrêt les flammèches des nappes de brouillard qui passaient sans discontinuer au ras du sol métallique de Cushing-West.

— Quelle chaleur ! gémit Phrya.

Klynn provoqua, avec un rien de nervosité dans le geste, l'abaissement de la rampe de descente.

— Plus on s'approche de l'enfer et plus il fait chaud, tout le monde sait ça !

Ils sautèrent au sol. Des hommes et des femmes qui attendaient le passage d'un glisseur les regardaient approcher, visiblement surpris par l'atterrissage d'un C.D-8 Explorer en ces lieux.

— Le speedway, suivez-moi !

Ils abandonnèrent l'Explorer et coururent vers l'allée périphérique sur laquelle s'entrecroisaient sans cesse les bulles en forme d'œuf des glisseurs. Klynn, en raison tout autant de son âge que de la chaleur torride, s'essouffla très vite et Mills tout comme Phrya durent l'attendre, ignorant tout de ses intentions.

Ils étaient suffisamment lucides pour se douter que, dès leur catapultage du *Swallops*, la radio avait dû appeler simultanément les services de sécurité de Cushing, de Sylba et de Tarmagor et qu'ils ne disposaient que de quelques petites minutes pour se fondre dans le dédale de couloirs, de rues et de coursives de l'île flottante. Tout ce qui portait uniforme sur Cushing devait être en train de se mobiliser...

Haletants, ils atteignirent une borne. Klynn enfonça le numéro d'appel et, rongeant leur sang, ils durent laisser passer sept glisseurs pleins avant d'en voir un s'arrêter automatiquement devant eux.

— Vite..., on perd du temps !

Ils se jetèrent sur la banquette circulaire, notant au passage qu'ils commençaient à percevoir le hurlement des tuyères d'un appareil de la Force et que ceci n'était sans doute pas dû au hasard.

Le glisseur redémarra avec une lenteur obsédante.

Phrya regarda la lagune que longeait le speedway glisser doucement sur leur droite. Parfois un rouleau se brisant sur les flancs de cet immense radeau rouillé qu'était Cushing provoquait un geyser d'eau saumâtre.

— Nous en avons pour quelques minutes, articula brusquement Klynn, alors retenez bien ce mot : Génésis ! Répétez après moi : Génésis !

« Bien. L'homme qui ne manquera pas de vous contacter connaît ce mot. Il est le seul à le connaître à part moi. Lorsqu'il vous contactera, il l'emploiera, vous saurez alors que c'est un ami. »

— Génésis ? Cela signifie quoi ? demanda Phrya qui sentait son opulente chevelure rousse devenir chaque seconde un peu plus poisseuse de sueur.

— Probablement rien... Et du reste ça n'a aucune importance.

— C'est Huss, je veux dire votre chirurgien qui l'emploiera ?

— Huss n'a rien à voir là-dedans...

Mills songea alors que ce Klynn en savait

certainement beaucoup plus qu'il ne l'avait dit sur ce qu'ils allaient devenir et ce qu'on allait faire d'eux.

— Et qui est ce type qui doit nous rencontrer ?

— Aucune idée non plus... Et certainement il n'est pas sur Hydraxos. Contentez-vous d'y survivre ! C'est déjà assez dur comme ça ici !

Le glisseur passait maintenant entre deux allées de métal aux falaises vertigineuses ; le speedway s'était mêlé aux autres ce qui faisait qu'ils avaient l'impression d'être engloutis dans un flot de circulation incroyablement dense. Seul le pilotage programmé empêchait les accidents, la responsabilité de la conduite n'étant plus confiée aux humains depuis une vingtaine d'années !

— Ah ! une chose aussi : fermez-la ! Vous ne connaissez personne ici et vous ne ferez la connaissance de personne !

Mills qui, comme chaque fois qu'il était nerveux tripotait l'extrémité de ses longues nattes noires, fit une grimace :

— Mais pour survivre, il faut manger ! Et pour manger, trouver un job.

— C'est prévu... Ah ! voilà le quartier du port, on arrive.

De fait, après s'être automatiquement engagé sur une voie latérale et avoir diminué son allure en conséquence, le glisseur s'infiltra par un speedway sinueux parmi les incroyables pyramides de balles de bophar déshydraté que des robots-serviteurs dirigeaient par paquets de plusieurs tonnes vers les usines de retraitement.

— Surtout vous ne me lâchez pas d'une semelle ! Le labyrinthe de la mythologie grecque n'était rien à côté de ce que vous allez trouver ici...

Ni Phrya ni Mills, qui ignoraient tout de ce dont parlait Klynn, ne pipèrent mot.

Une foule d'hommes et de femmes, généralement vêtus de tuniques grises ou marron circulaient sur les praticables. La plupart allaient en direction de la lagune et des speeders dont la coque aplatie et les manches souples des suceuses apparaissaient en ombre chinoise chaque fois que le vent dispersait un peu la brume dense qui noyait toute l'île.

Le glisseur s'arrêta enfin et s'ouvrit comme une coquille d'œuf. Ils descendirent aussitôt et, sans doute rappelé ailleurs sur le réseau automatique, l'engin redécolla du trottoir avec son « psouff » caractéristique.

— Venez !

Phrya et Stan collaient littéralement à Klynn qui marchait a grands pas vers la zone portuaire. Un Garde Noir, posté dans une guérite, les regarda passer sans bouger, surpris sans doute par leur justaucorps de personnel navigant.

La foule immense et grouillante s'ouvrit et se referma, les avala, les absorba dans son grouillement sonore.

Phrya prit la main de Mills et osa lui dédier un sourire.

Le premier depuis une éternité.

— Plus vite, Sbrodjes ! ronchonna Klynn.

CHAPITRE IX

Lorsque la porte délabrée se referma sur Klynn, Phrya et Mills s'arrêtèrent, interdits.

Les célèbres bas-fonds de Cushing-West avaient toujours été pour eux une abstraction, on parlait des quartiers sous-marins de Cushing-West comme de la crevasse de Céphée, du dôme minéral de Canopus ou encore du grand canyon du Colorado ! Mais maintenant ils y étaient plongés jusqu'au cou...

L'intérieur de l'île flottante, c'étaient les intestins du diable ! Et pire que ça encore...

— Attendez-moi là... Je sais ce que vous pensez, mais vous n'imaginiez tout de même pas qu'il allait vous opérer dans un cabinet aseptisé et officiel, il risque sa peau chaque fois qu'il procède à une substitution de quartz... Ça fait partie des dix-huit fautes capitales répertoriées au Grand Registre Pénal de la Fédération. Tout le monde sait ça !...

Klynn émit une sorte de gloussement et sa bouche de crocodile s'ouvrit sur un sourire cannibale.

— Mais tel qu'il est parti, il vivra bicentenaire... ha, ha, ha !

Il redevint brusquement sérieux et ajouta,

pressé de filer :

— Et maintenant attendez ici et ne bougez pas.

La porte claqua sur lui.

Phrya se serra contre Mills, essayant d'oublier ce qu'elle venait de voir : toute une humanité dont elle ignorait qu'il pût en exister une semblable. Des infirmes, des malades, des drogués et des prostituées aux formes monstrueuses, et partout la misère, la misère et le crime.

Dans les bas-fonds des caissons étanches sur lesquels reposait l'île flottante, on égorgeait pour une montre, une dose de booz, un tube-dose nutritif... une fille.

— J'ai peur, Stan ! Je crois bien que je n'ai jamais eu aussi peur...

— Moi aussi, avoua-t-il, les dents serrées. J'ai toujours peur quand je ne comprends pas ce qui m'arrive.

— Et c'est le cas ?

— Tout ce que je sais c'est que ce Klynn nous a certainement sauvé la vie là-haut, fit-il en pointant son index vers le plafond très bas et coulant d'humidité, mais qu'ici rien n'est joué. Génésis ! Génésis ! Mais qu'est-ce que c'est que toute cette histoire ?...

— A cause d'Irkham ! La Vérité historique...

Il haussa les épaules. Bien sûr, c'était une explication, mais il pouvait y en avoir beaucoup d'autres...

Ils entendaient le piétinement de la foule derrière la porte. Mills, d'un coup de tête, renvoya ses deux nattes dans son dos et regarda fixement la jeune femme.

Il redoutait un piège, sans trop savoir pourquoi. Il se sentait enfermé dans cette pièce délabrée et qui sentait la rouille comme au fond d'un terrier, un terrier de métal.

De temps en temps, ils entendaient les puissantes vagues de la lagune géante cogner contre les piliers des flotteurs avec des bruits caverneux ou des coups de gongs assourdis.

— Ça sent la mort ici, Stan !

Il lui caressa les cheveux et posa ses lèvres sur les siennes.

La porte s'ouvrit d'un seul coup.

L'homme qui entra était presque un gnome. Petit, court sur pattes, une tête anormalement développée, un faciès couleur de cuivre et des yeux fortement bridés.

Son sourire ne fut qu'une grimace.

— Bonjour, on m'appelle Huss, je ne vous souhaite pas la bienvenue sur Cushing-West car il faut être dingue pour descendre ici !

— Ou y être obligé ! compléta Klynn qui venait d'apparaître dans le dos du praticien.

Ils se serrèrent la main avec infiniment de gêne et du bout des doigts. Ni Stan ni Phrya, de plus en plus méfiants, n'ouvrirent la bouche.

— Parfait, fit entendre Huss d'une voix zézayante, une voix qui paraissait tout à fait normale pour un individu que la nature semblait avoir pris un malin plaisir à concevoir hors des normes... Bien entendu vous savez quelle sorte d'opération je vais pratiquer sur vous n'est-ce pas ?

Comme Mills et Phrya restaient sans voix, Klynn, sans doute ultra-pressé de vider les lieux, confirma brièvement :

— Oui, oui, ils savent, je le leur ai dit...

— Parfait ! reprit Huss, ce qui semblait être son mot favori. Alors il va falloir faire vite... Bien entendu vous prenez quelques risques car je n'ai pas le temps de faire la moindre analyse préalable avant l'incision. De plus, pas question d'opérer de face comme pour les nouveau-nés, je dois retirer le quartz en partant de l'intérieur de l'aisselle et greffer l'autre par le même chemin — et donc contourner l'apophyse de l'humérus en totalité —, vous imaginez bien qu'il n'est pas question de vous laisser la moindre cicatrice visible sur l'épaule, celle-ci trahirait la substitution immédiatement. Toujours d'accord ?

— Pas le choix, hein... lança Mills du bout des lèvres.

— Alors dans ce cas tout est parfait !

Le vieux Klynn fit alors quelques pas vers Mills dont il serra la main.

— Vous verrez, le docteur Huss a des doigts de fée... Adieu, compagnons ! Et n'oubliez rien de tout ce que je vous ai dit.

Alors qu'il étreignait l'épaule gauche de Phrya à la mode d'Altaïr, celle-ci demanda :

— ... Mais après... Je veux dire après l'opération, de quoi allons-nous survivre ?

— Tout est prévu ! Ne vous inquiétez pas : occupez-vous seulement de ne pas commettre de faute et de ne pas vous trahir... Tout ce que l'île compte de vigiles et de Gardes Noirs s'est déjà mis en chasse après vous... Adieu ! Et surtout oubliez-moi vite !

Il serra la main de Huss et tous le virent lui tendre un quartz mémoire certainement chargé du prix de ses services. Son étrange sourire crocodilien n'était plus qu'une inquiétante grimace.

— Parfait ! Suivez-moi, je vais vous opérer sur-le-champ.

Réprimant leur angoisse, ils pénétrèrent dans une pièce métallique voûtée car elle se trouvait au sommet des grands arceaux qui faisaient la liaison entre les caissons flottant à la surface de la lagune chaude.

Une armoire rouillée et vide, une table et trois

chaises bancales en constituaient tout le mobilier. La rouille semblait être le dénominateur commun de tout ce qui existait sur Hydraxos ; une petite mallette de texlon noir avait été posée sur une des chaises. Ce n'était pas exactement ce que l'on pouvait attendre d'un cabinet médical en cette fin du vingt et unième siècle...

— Je commence par qui ?

— Par moi, bien entendu, articula Mills, la gorge serrée.

— Alors c'est parfait ! Avalez ceci et allongez-vous sur la table.

Bien qu'il ruisselât de sueur dans la touffeur torride de ces galeries de métal, Mills eut l'impression que la table était glacée. Il avala les trois comprimés que lui tendait Huss et fixa le flood du plafond.

Tout d'abord, il ne se passa rien et, soudain, il eut l'impression que le visage du praticien dérapait, devenait plus hideux qu'il ne l'était déjà, gonflait démesurément, que sa bouche s'ouvrait sur un sourire satanique.

Lorsqu'il éclata de rire, il eut l'impression qu'un monstre s'apprêtait à pratiquer sur lui quelque crime rituel sous les yeux de la jeune femme, sans doute pour mieux jouir de l'horreur de celle-ci.

Il tenta de se lever. Aucun de ses membres ne répondit. Le flood du plafond était devenu aveuglant. Un vrai soleil !

« ... Il va me tuer... ou pratiquer sur moi une expérience qui... le... »

Mills sombra sans transition dans le coma le plus profond.

Effrayée de l'avoir vu se débattre, Phrya fit quelques pas en arrière lorsque Huss, toujours grimaçant, se tourna vers elle, ses cachets à la main.

— Dénudez-vous, avalez ça et couchez-vous par terre, lorsque j'en aurai fini avec lui je vous porterai sur la table...

— Mais...

— Il n'y a pas de mais : il faut faire vite... Moi aussi je risque ma peau ici ! Parfaitement !

Il oublia alors soigneusement de préciser pour combien d'unicrédits il acceptait de risquer sa peau...

Phrya enleva le haut de sa tunique de cabine et apparut, torse nu, la poitrine orgueilleusement dressée dont elle masqua les bourgeons en croisant les bras.

Mais les plaisirs de la chair ne semblaient pas être le péché mignon du chirurgien Huss. Il était vrai qu'avec le physique dont Dame Nature l'avait gratifié...

Il approcha un instrument en forme de cylindre de Mills inanimé et le posa sur sa cage thoracique. Lorsqu'il l'alluma, l'écran révéla la structure interne de l'épaule en trichromie.

— Parfait ! Ce quartz-là est bien visible... Dans dix minutes ce sera réglé...

Il saisit un mince scalpel électrique et pratiqua une incision sous l'aisselle. Du sang jaillit, qu'il cautérisa avec une plaque à électrodes, après quoi il introduisit un mince stylet entre l'apophyse de l'humérus et la clavicule en se guidant sur l'image radio du cylindre.

— Parfait... hon !... hon !... Ah ! les bâtards, pourquoi ont-ils été le nicher si loin ?... Attention à l'artère sous clavière...

Etait-ce la concentration ou la chaleur qui régnait dans cette étuve ? Son front s'était soudain crépi d'une multitude de gouttelettes qui tombaient l'une après l'autre sur le torse de Mills.

Huss était peut-être un génie des opérations clandestines, mais sûrement pas de l'asepsie...

— Parfait ! Je le touche... Dites, vous avez avalé vos cachets ? Qu'est-ce que vous attendez ?

Sans même la regarder il s'était aperçu que Phrya, effrayée, avait préféré rester consciente pendant tout le temps que durerait l'opération de son compagnon. Elle balbutia quelque chose qu'il ne comprit pas et regarda avec répulsion les trois cachets dans sa main.

— Parfait ! Alors vous préférez être opérée à vif ? Je vous avertis que je serai obligé de vous attacher et de vous mettre un bâillon... J'ai horreur d'entendre les femmes gueuler... Je n'ai jamais aimé la voix des femmes !

Visiblement, il n'entendait pas la sienne...

— Allons ! Avalez ça et pressez-vous, je vais en avoir fini avec lui... Et ne restez pas debout : vous allez tomber comme une masse ! Si vous voulez en plus vous fracasser le crâne... Sur Cushing l'herbe est inconnue, vous savez !

Il cessa un instant de respirer et poussa d'un long centimètre la sonde jusqu'à ce que, sur l'écran, elle touche le minuscule quartz greffé à la naissance de Mills. De sa main libre, il pesa sur un bouton situé à l'autre extrémité de l'endoscope. La pointe acérée s'escamota lentement. Huss fit alors émerger une triple griffe minuscule qu'il infiltra doucement vers le quartz.

— Parfait !... Parfait !... Ah, c'est parfait ! se félicitait-il en permanence... Ah ! du premier coup...

Il entendit Phrya s'allonger alors sur le sol couvert de plaques de rouille. En dépit de sa terreur instinctive de voir l'effrayant nabot se livrer sur elle à quelque honteuse expérience, elle mit les trois comprimés dans sa bouche, ferma les yeux et les avala en grimaçant.

Dix secondes d'attente et soudain tout se déforma sous ses yeux, les poutres métalliques commencèrent à se tordre comme des reptiles et le gnome, dont elle ne voyait que le dos, devint soudain monstrueux.

Elle voulut crier, appeler son compagnon inconscient, se lever, quitter cet enfer et cet homme fou auquel l'avait livrée Klynn sous prétexte de les sauver.

Elle ne put, quoique restant consciente, bouger un cil. Totalement déconnectée.

— Parfait !...

Le quartz reculait petit à petit. Derrière le sang sourdait doucement, remplissant la cavité au fur et à mesure que la sonde reculait par l'incision. Enfin le quartz fit un bruit mat lorsqu'il tomba sur une plaque d'acier et Huss considéra un long moment cette minuscule lamelle transparente qui pourtant comportait toute la filiation génétique de l'être unique qu'était Stanek Mills.

Il prit un atomiseur et pulvérisa une substance sur les trois griffes de son étrange scalpel à fonctions multiples et saisit un second quartz préalablement immergé dans un bain coloré en bleu.

Le quartz s'engloutit lentement, glissant dans le mince tunnel foré dans les chairs et lubrifié de sang frais...

CHAPITRE X

Whal Klynn secoua la tête et scruta méticuleusement le grand tableau mural qui occupait toute la cloison arrière de son laboratoire.

— Swanee ?

Une femme brune, entre deux âges, leva la tête :

— Vous m'avez appelée, monsieur ?

— Qui a mis les condenseurs sur 28 ? J'ai interdit qu'on réchauffe ainsi les éléments d'appoint ! Je le dis et je le redis à chaque escale ! Qui a fait ça ?

Swanee se troubla.

— Allez, vous pouvez me le dire : on est seuls tout les deux pour une fois ! Tout le monde est descendu se rôtir sur Hydraxos...

— C'est Fairey, monsieur. Il a dit que cela simplifiait la procédure pour l'appareillage dans six heures. Il fait toujours ça !

— Je le sais bien qu'il fait toujours ça ! brailla Klynn qui ne portait pas son jeune technicien du propulseur photonique dans son cœur depuis qu'il l'avait surpris en train de lutiner une des filles du laboratoire pendant qu'il faisait une inspection de routine.

C'était le genre d'écart que Klynn, féroce dans

le service, avait en sainte horreur.

— Et vous le saviez !

La fille baissa les yeux.

— Et vous savez aussi que cela augmente de 30 pour 100 le vieillissement des segments primaires ?

Il la regarda sévèrement.

— Shuntez-moi ça et en vitesse ! Et vous m'enverrez ce Fairey dès qu'il rentrera à bord ! Je commence à en avoir marre de ce petit con !

Le vieux Klynn se leva de son siège, pensant qu'il n'avait plus rien à faire dans le labo des propulseurs, le *Swallops* ne repoussant ses pylônes magnétiques que dans six heures.

C'est en décochant un regard furieux en direction de la jeune femme de permanence au labo qu'il eut l'intuition de quelque chose d'anormal.

— Qu'est-ce que vous avez, Swanee, ça ne va pas ?

Comme elle ne répondait pas, il se retourna lentement. Loman était rentré sans bruit dans le labo et le regardait fixement. Sa calvitie avait l'air de briller encore plus qu'à l'accoutumée.

— Commandant, fit-il, pas vraiment inquiet, vous venez visiter mon antre ?

— Oui, coassa Loman, et je ne suis pas seul !

A cet instant Ragg et Holboor apparurent, dans leur sinistre uniforme noir. Si le longiligne Holboor restait impassible, Ragg triturait son collier de barbe tandis qu'un sourire sardonique éclairait son visage mat.

Klynn sentit son cœur s'arrêter de battre et d'un seul coup il eut l'impression d'avoir un bloc de glace à la place du ventre.

— Qu... qu'est-ce que... ?

— Oh ! juste une question, ingénieur Klynn ! Une seule ! articula Ragg avec une lenteur inquiétante : il parlait doucement, articulant à peine, sans doute pour ne pas être entendu de Swanee qui s'était levée respectueusement... Comment expliquez-vous que vous êtes revenu à mon bord sans jamais l'avoir quitté ?

Tout se mit à tourner autour de Klynn et il eut l'impression que la grande cloison aux multiples voyants de contrôles de tout ce que le *Swallops* comportait comme propulseurs et diffuseurs d'énergie, menaçait de s'abattre sur lui.

— Je... Le portique ! Sbrodjes, le portique !... Ils ont laissé activé le portique de contrôle après le débarquement des émigrants !

Klynn se souvenait être passé par le sas 3 lorsqu'il était remonté en orbite *normalement* avec le *shuttle* de la base orbitale comme une bonne partie de l'équipage.

Dans ces cas-là le portique qui analysait automatiquement les quartz d'identification de chacun n'était jamais activé pour l'équipage, les opérations de contrôle d'immigration étant terminées.

« ... Piégé ! Piégé ! Je me suis fait piéger comme un gamin... », songea-t-il le cerveau en feu...

D'un seul coup, il basculait dans le cauchemar.

Il décocha à Loman un regard pathétique en forme d'appel au secours. Mais celui-ci l'observait d'une manière intense et tout son être silencieux criait :

« Klynn ! Comment avez-vous pu faire ça, Klynn ? Un type comme vous... »

Il comprit qu'il n'avait plus la moindre chance d'échapper à son sort. Protéger des individus recherchés sur ordre du Head Galactic Council, c'était se condamner soi-même à la même peine.

Et c'était sans appel...

— Venez, ingénieur Klynn ! articula Ragg d'une voix trop douce pour ne pas être effrayante.

En franchissant la porte de *son* labo, qu'il ne

reverrait sans doute jamais, Klynn s'aperçut que Holboor s'était arrangé pour se placer derrière lui. Il réalisa alors qu'à partir de cette seconde il n'était plus et ne serait jamais plus un homme libre.

Ils traversèrent l'hypernef quasiment déserte depuis le départ du flot anarchique des immigrants et dont l'équipage s'occupait à nettoyer dans toutes les soutes et toutes les coursives les graffiti de leur passage et se retrouvèrent dans le secteur sécurité...

Klynn vit le célèbre casque posé sur la table à peine eut-il été poussé à l'intérieur du petit bureau dans lequel se tenaient déjà trois Gardes Noirs. Comme si avec Ragg et Holboor ça ne suffisait pas.

Loman avait disparu. Lui ne voulait pas assister à l'interrogatoire.

— Alors, Klynn, on vous passe le casque ou vous coopérez tout de suite ?

Klynn savait parfaitement qu'une personne « passée sous le casque » pour un interrogatoire n'en ressortait jamais « comme avant ».

— Que voulez-vous savoir ?

— Tout.

— ?

Ragg prit une capsule de booz et la tendit à l'ingénieur dont le justaucorps était littéralement inondé de sueur.

— Avalez ça, ça vous rendra euphorique et pour ce qui va suivre vous allez en avoir bien besoin, n'est-ce pas ?

Mais le vieil homme regarda fixement la petite gélule bleue posée sur la table. Sans bouger.

— Comme vous voudrez, fit alors Ragg d'un air résigné... Stoorik, ligotez-le !

Les menottes spéciales claquèrent aux poignets et aux chevilles tandis qu'une ceinture de pralon tirait son front en arrière contre l'appuie-nuque de la chaise d'interrogatoire.

— Deux solutions, Klynn ! articula Ragg qui négligeait maintenant son titre d'ingénieur, ou vous parlez ou non. Si vous choisissez de parler, il se peut que j'oublie votre... erreur, disons. Dans le cas contraire, la prochaine hyperfréquentielle en direction d'Altaïr comportera votre nom. Vous connaissez la loi... On n'est pas loin d'une exécution par expulsion dans le vide, Klynn ! Et cette exécution, en tant que chef des services de sécurité du *Swallops,* j'ai le droit de l'ordonner ! Quel que soit l'avis du commandant de bord... Je n'ai à me justifier que vis-à-vis de mes chefs. Ma hiérarchie n'a strictement rien à voir avec celle de la Cosmopac.

Klynn sentit son cœur s'accélérer. L'incroyable catastrophe avait fondu sur lui comme la foudre ; elle l'écrasait littéralement. Il s'était cru en sécurité dès qu'il avait pu, sans éveiller la moindre attention des Gardes postés un peu partout, embarquer à Cushing Centre.

Malheureusement, Ragg, lui, pouvait savoir qu'il était *retourné* sur le *Swallops*... sans l'avoir quitté.

Après le fracassant catapultage du C.D-8 Explorer, il ne fallait pas être bien malin pour faire l'inévitable déduction logique...

La voix de Ragg résonna, déjà funèbre :

— L'Explorer, c'était vous ?

Klynn baissa les yeux.

— Les dénommés Phrya Rutherford et Stanek Mills étaient avec vous, n'est-ce pas ?

— Puisque vous savez tout, à quoi bon répondre ?

— Ce que je ne sais pas c'est où ils sont maintenant, et ça vous allez me le dire ! Gentiment, Klynn... gentiment...

Ragg posa sa main sur le casque noir sur lequel les spots du plafond donnaient d'étranges colorations changeantes.

— Je ne sais pas !

— Soyez raisonnable, Klynn, vous êtes ingénieur, vous aurez besoin de votre tête.

— Je vous jure que je ne sais pas.

— Pourquoi perdre du temps puisque de toute façon nous avons la certitude d'atteindre le même résultat avec votre coopération ou non ?

— Je vous jure que je ne sais pas... Je les ai abandonnés à Cushing-West... Après, je ne sais pas ! Ils m'avaient payé pour ça.

— Pourquoi mentir ? Tenez-vous tout spécialement à nous voir fouiller votre cerveau ? Vous en connaissez les conséquences : une heure de casque, c'est la folie pure et simple ; dix minutes : la perte de mémoire...

Klynn déglutit péniblement.

— Je... je vous jure que je ne sais pas. L'homme et la femme sont partis tout de suite... Et puis quoi, je ne savais pas qu'ils étaient recherchés !

— Vous êtes idiot, Klynn, vous avez un cerveau trois ou quatre fois plus instruit que le mien et pourtant vous êtes idiot... Mettez-lui le casque !

— Non !

— J'ai dit : mettez-lui le casque ! assena Ragg d'un ton définitif.

Tandis qu'un des Gardes Noirs se plaçait derrière la chaise spéciale et pesait sur ses deux épaules pour l'empêcher de se débattre, Holboor saisit le casque à électrodes sur la table et l'enfonça jusqu'au cou de Klynn dont la tête disparut tout à fait.

— Non ! Noon ! Nooooooon ! hurla Klynn avec maintenant une voix qui avait l'air de sortir d'un tonneau.

— Allumez le scope !... Et le polygraphe aussi !

Holboor se dirigea vers un petit pupitre et manipula quelques cadrans après les avoir mis sous tension. Klynn se raidit d'un seul coup, vibrant de la tête aux pieds bien que le courant qu'il reçût en cet instant n'était pas supérieur à treize milliampères. Il eut l'impression qu'une vrille s'enfonçait sous chacun de ses yeux, s'incurvait sous ses orbites et convergeait, portée au rouge, vers le centre de son cerveau.

Un peu de salive coula des commissures de ses lèvres.

Il voulut hurler, il *pensa* hurler, mais aucun son ne sortit de sa gorge. Il aurait voulu parler, appeler, tourner la tête qu'il ne l'aurait pu : s'appuyant sur des zones diaboliquement précises de son encéphale, les électrodes annihilaient en lui toute possibilité de réaction, toute possibilité de lutte, toute volonté même...

Alors tonna la première question ! Ragg avait à peine haussé le ton mais il eut l'impression que la voix lui arrachait les tympans.

— Klynn ! Où se trouvent Phrya Rutherford et Stanek Mills ?

Klynn eut la sensation qu'une immense douleur taraudait son cerveau. Il hurla dans son rêve mais aucun son ne filtra de ses lèvres tétanisées.

Sur les deux écrans des colorations apparurent, celui de droite vira au violet, celui de gauche renvoya des formes anarchiques.

— Attention, il se prépare à mentir ! avertit Holboor.

— Je sais encore déchiffrer un F-18, Holboor ! Que je sache, c'est moi qui t'ai appris ! Augmentez l'intensité du questeur.

Holboor se pencha sur le pupitre. Klynn battit des talons contre les pieds de la chaise à laquelle il était ligoté.

— Où se trouvent Phrya Rutherford et Stanek Mills ?

Toute volonté annihilée, avec l'impression de rentrer de plain-pied dans un océan de cauchemar, Klynn ne put empêcher son cerveau d'imaginer Phrya Rutherford et Stanek Mills sur la « table d'opération » du chirurgien Huss.

— Par les hydres de Talmos, à quoi ça ressemble ? grogna Klynn qui n'arrivait pas à déchiffrer l'image floue.

— On dirait... on dirait qu'ils sont morts... Ils sont l'un à côté de l'autre... C'est la fille qui est debout... diagnostiqua un des gardes sans en avoir trop la certitude.

A droite, l'écran était jaune fluo : Klynn cette fois disait vrai.

— Klynn, est-ce que Stanek Mills a eu un accident ?

Une cascade de chiffres dévala une bande à défilement.

— Non à quatre-vingt-dix pour cent, lâcha Ragg perplexe.

L'atmosphère s'alourdit d'un coup. Ragg, nerveux, desserra le haut col de son justaucorps, faiblesse qu'il ne se permettait pratiquement jamais.

Ce qu'il entrevoyait était pour lui la pire des tuiles.

— Klynn, réponds à cette question : l'homme est-il réellement malade ?

— Non à quatre-vingt-quinze pour cent, analysa Holboor au bout d'un temps très bref.

— Alors demandez-lui pourquoi ils sont couchés ? suggéra un des Gardes.

Ragg, qui martyrisait son collier de barbe, le foudroya d'un regard meurtrier.

— Est-ce que vous ne savez pas que l'analyseur ne permet de répondre que par oui ou par non ?

Mais il parut instantanément oublier sa colère. Sa voix tonna de nouveau :

— S'ils ne sont pas malades, alors il s'agit d'une opération, n'est-ce pas ?

L'écran se troubla. Des stries mauves le parcoururent en oblique. Pendant un moment le silence fut insupportable. Klynn mettait toute sa volonté à ne pas répondre. Mais sa volonté tout entière n'était rien contre les impulsions qui vrillaient son cerveau.

— Oui... c'est oui, analysa Holboor quand l'écran redevint clair.

— Bon Dieu, je m'en doutais !... Je m'en doutais !

Ragg se frappa le front et s'absorba dans une douloureuse méditation.

— Ils sont en train de se faire opérer...

— Chirurgie esthétique ? Un nouveau visage, Premier ?

— Pire que ça : substitution d'identité ! Imparable ! Vous entendez ? Imparable !

Ecumant, il se rua vers le supplicié.

— Klynn, sais-tu qui fait l'opération ? Est-ce que tu sais qui est le salopard qui pratique ce genre d'opération ?

Klynn voulut hurler. Ce qu'il ressentait était impossible à décrire. Jamais il n'avait souffert ainsi. Ce n'était pas une douleur à proprement parler, ni physique, ni même morale, c'était une souffrance, une souffrance à l'état pur, indéfinissable : il était malheureux, malheureux à en hurler et à s'en faire sauter la tête. C'était sans appel.

— Oui ! triompha Holboor. Oui, c'est oui !

Ragg, dont le justaucorps collant à son corps maigre paraissait maintenant huilé de sueur, poussa un immense soupir et ses lèvres se retroussèrent dans un rictus sauvage.

— Klynn, haleta-t-il est-ce que tu saurais le retrouver ?

L'ingénieur poussa un horrible hurlement ; un hurlement qui n'exista que dans son esprit.

L'écran vira immédiatement au violet le plus sombre. Non ! La réponse pathétique était non. Et Klynn, du fond de son coma profond, le regrettait amèrement. Il aurait tellement voulu parler pour faire plaisir à Ragg...

Mais où se trouvait maintenant Huss ? Où se cachait le chirurgien dans le dédale de coursives, d'allées et de couloirs de cette termitière qu'était l'île flottante de Cushing ?

— Question : Stanek Mills et Phrya Rutherford sont-ils encore ensemble ?

— Oui... à quasiment cent pour cent !

— Bien. Sont-ils à Cushing Centre ? commença Ragg, essayant de les localiser par élimination.

L'écran de droite se constella de zones verdâtres qui virèrent progressivement au bleu intense. Stupéfaits, les Gardes Noirs essayaient d'analyser ces taches qui se déplaçaient les unes sur les autres, se chevauchaient, se séparaient pour s'interpénétrer de nouveau.

— Du diable si je comprends, grommela Holboor, perplexe.

Ragg réfléchit un moment et soudain poussa un cri bref.

— Du bleu... toujours du bleu ! Par Belpor, mais c'est la lagune ! C'est la lagune ! Ils travaillent sur l'eau... ou alors ils sont cachés à bord d'un *speeder*...

— Cela fait six minutes, rappela un Garde nommé Piercey, si on continue il faudra faire un rapport pour expliquer comment il est devenu fou. Ce type est ingénieur de haut rang et...

— S'agit bien de ça ! gronda Ragg en songeant : « Lui il joue sa tête, mais moi c'est ma peau... »

Un *speeder*... une nouvelle identité et un *speeder*...

Il s'approcha du supplicié, notant que le devant de sa tenue de cabine était inondé de salive.

— Connais-tu ce *speeder ?* Dis-moi, connais-tu le numéro de ce *speeder ?*

— Non ! analysa Holboor, catégorique.

— Trop beau, évidemment... Enlevez-lui le casque en vitesse : nous n'y arriverons jamais... Le seul qui fait la liaison dans tout ça c'est ce salopard de chirurgien qui a pratiqué l'intervention. Lui connaît fatalement la nouvelle identité des deux condamnés... Il a dû prélever les quartz sur des cadavres comme d'habitude ! J'ai toujours dit qu'on ne surveillait jamais assez les incinérations... Tirez-lui ce casque en vitesse, je n'ai pas envie d'avoir en plus un dingue sur les bras ! Et s'il devient fou, la piste sera définitivement coupée...

Lorsqu'on lui arracha enfin le casque, Klynn n'était plus Klynn. Son visage bleui était celui d'un noyé. Ses yeux, égarés, semblaient prêts à jaillir hors de leur orbite. Sa bouche était béante et salivait abondamment.

— Mettez-le debout ! Faites-lui faire quelques pas ! Prenez-le sous les bras, ne restez pas comme ça à le regarder, bande d'empotés !

Les Gardes Noirs s'empressèrent et, prestement soulevé, le vieil homme fut forcé d'entamer une macabre danse en rond autour de la chaise sur laquelle il avait été supplicié.

— ... Bon sang ! Mais combien ça a duré ? demanda Ragg qui semblait lui aussi reprendre pied sur terre.

— Sept minutes trente-deux...

— Eh bien, quoi ? Les premières lésions n'apparaissent qu'après la dix-huitième minute d'après le manuel et...

Ragg jeta un regard absent à Klynn qui, totalement « off », se laissait traîner par deux Gardes. Ses pieds, en frottant sur le sol, faisaient entendre un curieux bruit de linge mouillé.

— On devrait appeler un des toubibs du bord ! conseilla Stack.

— Certainement pas ! Etes-vous fou ? Vous tenez vraiment à officialiser cet interrogatoire ?

CHAPITRE XI

— Par les hydres de Talmos, je n'en peux plus ! gémit un des arrimeurs à la peau noire et luisante.

— Ils ont trouvé un sacré banc ! évalua l'homme aux avant-bras presque difformes à force d'être musculeux.

— C'est vrai, ça ! Les suceuses n'arrêtent pas... Encore deux jours comme ça et je m'écroule.

— C'est à cause de l'activité volcanique sous la lagune ; ça décroche les plaques de bophar et elles remontent en surface.

Le *speeder*, avec son pont détrempé, pénétra soudain dans une nappe de brouillard et même le sommet de la suceuse disparut aux yeux de tous.

— Ce planétoïde, moi je vous le dis... c'est le con du diable !

La voix géante emplit tout l'univers :

— Evacuation ! Evacuation pour décollage ! Un macrophage fonce sur nous !

Simultanément, un klaxon d'alerte se mit à striduler et à mugir dans tout le bord tandis que les longues ailes du *speeder* se déployaient hors de la coque de plastacier.

Ahh... ourrhhh ! Ahh... ourrrhhh !

Débandade immédiate. Le macrophage avait

dû se réveiller avec les vibrations du *speeder* et fonçait droit sur lui.

Le pont glissant se vida en un clin d'œil, la grue télescopique s'escamota dans le bulge et les suceuses s'abattirent dans l'axe du vol. En quelques secondes le *speeder* changea littéralement de forme. Il accéléra d'une manière de plus en plus intense, filant un long sillage invisible à cause du brouillard dense qui stagnait sur l'eau.

Mills se retrouva dans une coursive dont une porte se rabattit derrière lui avec fracas.

Il ferma les yeux ; les lourds *speeders* étaient très longs à décoller pour leur saut de puce. Il se releva, dégringola de coursive en coursive vers les soutes et se cramponna à une poutre de métal quand le *speeder*, ayant enfin atteint sa vitesse de sustentation, s'éleva dans l'air torride et sirupeux.

— Sbrodjes, je ne m'y ferai jamais.

Il rencontra le visage gris de trouille des femmes et des hommes qui n'étaient pas de service et chercha celui de Phrya.

Il la repéra, recroquevillée craintivement sur une étroite couchette, le dos ruisselant de sueur, le visage enfoui dans le matelas et les mains cramponnées aux montants du lit à étages.

— Phrya !

Mais, abrutie de fatigue et de chaleur, elle resta sans réaction.

Le *speeder* reprit alors, après quelques balancements échevelés, contact avec la lagune. Le freinage fut d'une rare violence, tout ce qui n'était pas soigneusement arrimé fila comme un projectile vers l'avant.

Et de nouveau on n'entendit plus que le clapot sur les flancs lisses du *speeder*.

— Attention ! A tous ! Les suceuses 6 et 3 ont été endommagées !

Un tonnerre d'applaudissements et de « hurrah ! » salua cette annonce. Et tout aussitôt le *speeder* se mit à trépider de toutes ses membrures.

Phrya leva la tête et reconnut Mills. Il lui sourit. Un sourire tendu, presque une grimace.

— Tu ne prends pas ton service au self ?

— Je me suis fait remplacer... Je suis malade, Stan ! Cette chaleur me tue. Combien de temps ça va durer ?

Elle posa sa main sur la joue râpeuse et mal rasée de Mills puis suivit du bout de l'index les cernes qui ombraient ses yeux.

Il haussa les épaules.

— Je ne sais pas, bien sûr. Une heure ? Un mois ? Deux U.T.U...

— Je ne tiens plus, Stan... Il y a une femme qui s'est suicidée ce matin... Ça se passe fréquemment paraît-il, et bien entendu l'équipage du *speeder* n'a rien vu rien entendu. Les brancardiers arrivent et escamotent le corps, et comme personne ne connaît personne...

Il se pencha et effleura ses lèvres.

— Là-haut aussi il y a eu un mort... C'est terrible le job d'arrimeur, tu sais, sans compter que n'importe quel paquet de mer peut aussi nous balancer par-dessus bord.

— Nous ne sommes plus rien, Stan.

Il n'y avait aucun reproche dans sa voix.

— Nous sommes vivants, Phrya...

— Si tu appelles ça « vivre »...

— Je n'ai pas mieux à t'offrir pour le moment, et je suis logé à la même enseigne que toi, tu le sais bien.

Il s'allongea près d'elle et elle se poussa un peu sur l'étroite couchette pour lui faire place. Il eut l'impression que le matelas était rempli de braises rougeoyantes. Jamais, à aucune période de sa vie, il ne se rappelait avoir eu si chaud.

Il ferma les yeux et s'appliqua à respirer calmement.

— Tu sais... pense au vieux Bender ! Rappelle-toi ce qu'il disait là-bas à Cyclops : « Vous êtes la preuve vivante que la Vérité Officielle n'est pas la vérité... » Il avait dit aussi : « Irkham s'est trompé, mais Irkham, c'est la Vérité... alors on cherchera à vous supprimer ! » Et voilà ce qui s'est passé.

Il se redressa sur un coude et caressa les cheveux roux que la sueur collait au front et aux joues de la jeune femme.

— Phrya, rien n'est plus important, rien n'est plus beau que la vie...

— La vie à quel prix ?

— La vie n'a pas de prix.

— Eh bien, pourtant la nôtre ici ne vaut pas grand-chose !

— Pour moi elle n'a pas de prix et c'est cela seul qui compte.

Elle eut un rire amer.

— Stan, je n'ai même plus la force d'espérer...

***

Le *speeder* atteignit les « atterrages » de Cushing moins de sept heures plus tard. Manœuvrant exclusivement au radar, il s'inscrivit dans le trafic et se faufila malgré l'épais brouillard parmi les jetées les quais et les autres bâtiments dont la noria ne s'interrompait jamais jusqu'à gagner son quai. Là, d'énormes suceuses commencèrent à vider gloutonnement ses cales.

« ... Les personnels désirant quitter le bord passent au bureau 4 et se présentent au commissaire... Les personnels désirant un nouveau contrat se présentent au bureau 7 près de la suceuse tribord. »

Trois fois déjà, l'appel avait résonné dans toutes les coursives. Le dortoir était presque désert, les nouveaux qui attendaient l'embarquement piaffaient sur le quai, ceux qui quittaient le bord échangeaient des horions et des insultes avec les grutiers avant d'aller s'enivrer au booz ou connaître d'autres plaisirs dans les bouges du port.

Stan et Phrya, derrière un hublot ovale, regardaient la double file des arrimeurs qui montaient ou descendaient du bateau.

— Des esclaves... des esclaves tous ! murmura-t-elle les dents serrées.

Elle glissa la main dans la sienne.

— Qu'est-ce qu'on fait, Stan, avec ce qu'on a gagné on pourrait, disons pendant quelques jours échapper à...

— J'ai dit : « On reste ! »

— Je n'en peux plus, Stan !

— Moi non plus.

— Mais avec ce qu'on a gagné on pourrait se cacher dans...

— Dans rien du tout : on reste ici !

— Stan..., je suis à bout de force.

— Tout le monde est à bout de force, trois millions d'hommes et de femmes sont à bout de force sur cette putain d'île flottante ! Et ils restent, eux... alors que rien ne les menace !

— Justement, parmi trois millions d'hommes et de femmes...

— Les Gardes Noirs n'abandonnent jamais, Phrya. Et tu le sais bien, vois-tu !

— Mais toi, qu'est-ce que tu es ici ? fit-elle, brusquement agressive.

« ... Attention ! Tous ceux qui veulent partir doivent quitter le bord d'ici dix minutes sinon ils seront considérés comme volontaires pour un nouvel embarquement ! Je répète : tous ceux qui n'auront pas quitté le bord d'ici dix minutes seront considérés comme volontaires pour un nouvel embarquement. »

— Perdent pas de temps les salauds ! sifffla-t-il entre ses dents serrées.

Il se produisit une bousculade. Visiblement, l'équipage du *speeder* brusquait les événements, espérant coincer quelques attardés car il n'y avait pas foule sur le quai.

— Stan... (Elle leva ses yeux pervenche vers lui : son visage était laid à force de fatigue.) Je t'en supplie...

— Attention ! Waaldo Tazn et Raffy Pearl au poste B ! Waaldo Tazn et Raffy Pearl au poste B immédiatement !

Mills sentit un bloc de glace remplacer son cerveau. La main de Phrya se crispa dans la sienne lorsqu'ils entendirent appeler leur nouvelle identité.

— Tu penses que c'est lui ?

— Bien sûr...

— Enfin ! Je n'y croyais plus...

Ils traversèrent en courant les deux ponts et débouchèrent dans la brume du pont supérieur. Un homme, qui se tenait adossé à une suceuse dont une équipe d'ouvriers venait d'ouvrir les entrailles métalliques, se décolla du pilier contre lequel il s'appuyait et vint vers eux, un sourire aux lèvres.

Au fur et à mesure qu'ils s'approchaient Stan et Phrya sentaient leurs craintes s'évanouir. L'homme était trop jeune, trop beau, trop bien vêtu pour être un Garde Noir. Même déguisé.

Et les Gardes Noirs ne savent plus sourire, c'est bien connu.

— Je suis Waaldo Tazn et voici ma compagne... articula Stanek Mills du bout des lèvres.

— Je suis *génésis*, murmura l'inconnu.

Il avait des yeux bleus qui inspiraient confiance, un visage ouvert et un sourire quasi permanent. Son justaucorps bleu électrique disait qu'il travaillait dans les sphères officielles de haut niveau de Cushing.

— Alors soyez le bienvenu... Allez-vous nous faire quitter cet enfer ? demanda Phrya qui buvait littéralement le jeune Envoyé des yeux.

— Oui, et tout de suite... Je sais, ça a été pénible, mais j'ai fait le maximum pour vous venir en aide au plus vite.

Avec l'impression de se réveiller enfin d'un cauchemar, ils le suivirent vers le sas de débarquement, descendirent la courte passerelle en forme de pipe-line et se perdirent dans la foule des candidats à l'embarquement.

— Vous comprenez, si j'avais demandé par radio le retour du *speeder* pour un simple arrimeur, cela n'aurait pas manqué d'éveiller l'attention...

— Oui, je comprends... Où va-t-on ?

L'homme eut un rire bref.

— Là où il fait moins chaud ! J'imagine que c'est la chose que vous devez désirer le plus en ce moment.

— Oui... et prendre un bain ! sourit Phrya qui croyait vivre un rêve.

Ils s'approchèrent d'un glisseur qui les attendait. Il avait la bande verte et rouge des officiels et c'était pourquoi l'homme était sûr de le retrouver à l'endroit où il l'avait garé. Dès qu'ils furent à l'intérieur, la bulle transparente se mit à glisser sur son rail.

Souriant l'un à l'autre, ni Mills ni Phrya ne virent un Garde Noir perdu dans la foule se précipiter vers un interphone.

— Ça y est, il les a eus en douceur ! Ils viennent de quitter le *speeder* 376... Certainement... Oui, pour l'exécution !... Oh ! Sept à huit minutes je pense : juste le temps d'atteindre la zone est et de sortir de la foule, on ne sait jamais avec cette populace. Comment ? Non ! Ils ne se doutent de rien. D'ailleurs la fille rigolait en montant dans le glisseur. Faut dire que Swann est plutôt beau gosse, non ?... Je m'excuse ! C'était involontaire, je ne plaisanterai plus.

CHAPITRE XII

Contrairement à ce qu'avait imaginé Mills, le glisseur, après s'être englouti dans le flot considérable des véhicules dans le speedway principal de Cushing, ne s'orienta pas vers Cushing Sud où se trouvaient les trois pyramides « officielles » ainsi que toutes les structures administratives d'Hydraxos.

Au contraire, après avoir un long moment côtoyé la lagune et semblé s'être définitivement englouti dans un brouillard à couper au couteau, changeant plusieurs fois de rail magnétique, il bifurqua graduellement vers le nord de l'île.

Phrya, qui s'était pelotonnée contre Mills, buvait littéralement le spectacle des yeux.

— Qu'allez-vous faire de nous ? demanda Mills après avoir un long moment contemplé les pyramides de bophar en cours de dessication.

L'homme eut une brève crispation de son visage juvénile et tourna vers Mills un sourire radieux.

— Ne vous inquiétez pas, vous serez bientôt totalement libérés de tous vos problèmes !

— Après tout ce n'est tout de même pas notre faute si... mais êtes-vous au courant de notre histoire au moins ?

L'homme perdit instantanément son sourire et affecta de regarder la haute cheminée oblique d'une unité de retraitement.

— Non... Euh non, vous savez, je ne suis qu'un intermédiaire...

Le glisseur venait de pénétrer maintenant dans une zone visiblement abandonnée et en ruine ; le rail magnétique, devenu unique, serpentait entre des entrepôts et des plaques d'atterrissage de C.B-8 Transporter et Atlas que des robots-serviteurs chargeaient autrefois de containers nutritifs.

— Allez-vous nous cacher ? demanda Phrya.

L'homme se mordit les lèvres, gêné. Il savait très bien qu'il conduisait ces deux condamnés vers leur lieu d'exécution.

— Oui, oui... forcément, fit-il, pressé d'en finir.

Stan Mills, qui l'observait d'un regard aigu, fronça imperceptiblement les sourcils. Il n'aimait pas ses yeux fuyants et cette manière qu'il avait d'écraser son visage sur la glace du glisseur comme s'il était soudain passionné par le paysage triste à pleurer qu'ils traversaient.

Toutefois il mit cela sur le compte de son épuisement et sur sa vieille terreur d'être retrouvé et abattu séance tenante qui ne l'avait jamais véritablement quitté sur le speeder.

« ... Je me fais des idées... C'est idiot. Ce type-là n'est venu que pour nous sauver... et puis il connaissait le code, non ? »

D'instinct, il serra plus fort les épaules de Phrya qui, interrogative, leva les yeux vers lui.

— C'est encore loin ? demanda-t-il, notant que le secteur devenait de plus en plus désert et délabré.

— Trois, quatre minutes peut-être, guère plus, répliqua l'homme d'un ton uni, vous comprenez notre prudence...

Et il ajouta avec un parfait cynisme :

— Vous êtes des clandestins maintenant : il faudra vous y habituer.

La zone que traversait le glisseur devait être un des endroits les plus anciens de l'île flottante car, pour ce qu'il était possible d'en voir entre deux nappes de brouillard, avait été abandonné en raison des énormes plaques de rouille qui rongeaient et crevaient parfois le « sol » et les murs des entrepôts abandonnés.

La rouille galopante dans cette atmosphère saturée d'humidité corrosive avait largement entamé son processus de destruction et de nombreuses excavations y parsemaient le sol humide comme si des projectiles étaient venus frapper là dans le but d'éventrer les flotteurs géants.

— Pour être caché on va être caché ! s'exclama Phrya dans un rire joyeux.

— Oh oui ! renvoya l'homme, surtout qu'ici c'est zone interdite : trop dangereux d'y circuler... Si vous tombez dans un de ces trous vous êtes sûrs d'y rester... On ne compte plus le nombre de colons qui sont morts empalés sur les entretoises ou écrasés au fond des flotteurs parce que le sol s'était soudain effondré sous leurs pieds.

L'homme, cette fois, avait été trop volubile. Quelque chose commença à tinter désagréablement à l'oreille de Mills qui jeta tout autour de lui des regards furtifs.

— Combien de temps allez-vous nous faire rester ici ? Et qu'allez-vous faire de nous après ?

— Ecoutez, rétorqua froidement leur sauveur, je crois que vous posez trop de questions... Nous allons arriver d'une minute à l'autre maintenant. Ceux que vous allez rencontrer ont des réponses toutes prêtes pour vous.

Mills, de plus en plus étonné, et de plus en plus

inquiet, alors que sa compagne baignait dans l'euphorie la plus absolue, trouva que cette réponse n'en était pas vraiment une et que, pour tout dire, elle avait une ambiguïté des plus suspectes.

De fait le glisseur, qui au bout d'une longue ligne droite avait acquis une très grande vitesse, commençait à ralentir insensiblement, autopiloté par la centrale de Cushing-West. Par une brève déchirure du brouillard, ils purent apercevoir la lagune, très proche, dont l'ample houle faisait jaillir d'extraordinaires geysers en se fracassant sur les flotteurs.

— Ah, nous y voilà ! s'exclama l'homme aux cheveux blonds.

Et il adressa à Phrya son sourire le plus suave.

« Curieux, songea Mills, de plus en plus mal à l'aise cette fois, mais il a l'air plutôt soulagé de nous quitter... A croire qu'on lui fait peur !... »

L'épaisse purée de pois se déchira enfin d'un coup et pour quelques secondes trop brèves mais suffisantes pourtant pour qu'il puisse apercevoir près d'une grue fracassée au sol une dizaine d'hommes qui battaient la semelle près du rail magnétique.

Tous, à l'exception d'un seul, portaient le sinistre *uniforme noir*.

Phrya, qui s'était redressée en sursaut, poussa un cri strident et se mordit les poings, devenue instantanément blanche comme une morte.

— Ne vous énervez pas, fit hâtivement l'homme qui redoutait quelque mouvement de révolte de la part de Mills, c'est votre protection !

— Mais... ce sont des Gardes Noirs !

— Ils vous pourchassaient parce qu'ils en avaient reçu l'ordre, maintenant ils assurent votre protection parce qu'ils en ont reçu l'ordre... Rien d'autre.

Mills eut soudain l'absolue certitude que l'homme lui mentait.

Le glisseur, qui avait considérablement réduit sa vitesse, s'immobilisa au bout d'un bref freinage, et les deux portières arrondies se soulevèrent comme de grandes oreilles.

L'homme aux cheveux blonds sauta prestement à l'extérieur tandis que les Gardes entouraient le glisseur d'un prompt mouvement en pince.

— Stan... Oh ! Stan..., est-ce que tu crois...

— C'est le peloton d'exécution, Phrya, répondit-il sans aucune illusion. Nous avons été bernés... Pour nous c'est la fin de la route.

— Sortez de là ! Sortez immédiatement !

Sans surprise, mais avec terreur, ils identifièrent la voix rugueuse de Ragg. Ils le virent avancer vers eux ; il ne portait pas d'arme et souriait d'une manière éclatante.

— Content de vous voir enfin, ricana-t-il, rien que pour le plaisir de voir le regard de la jeune femme chavirer.

Il faut dire qu'il en était à son second blâme, ce qui signifiait qu'en s'enfuyant de l'YC-10 ces deux condamnés avaient littéralement fait voler en éclats ses espoirs de promotion au sein de la Force. Encore heureux qu'il n'en soit pas viré... comme l'avait été son chef vingt ans plus tôt.

— Avancez ! Avancez, nous irons vite !

Le brouillard retomba d'un coup et l'horizon se rétrécit aux quelques constructions effondrées proches. Deux Gardes, armés d'un thermique, fermaient la marche.

Stan Mills, qui sentait littéralement ses jambes se dérober sous lui, descendit du glisseur et se retourna pour aider Phrya qui, à la limite de la perte de connaissance, murmurait des mots sans suite.

— A tout prendre, pour ce que nous avons vécu dans cette île maudite, mieux valait nous abattre à bord du *Swallops!* grogna Mills qui, après un instant d'affolement, reprenait empire sur lui-même.

— Je ne vous le fais pas dire, triompha Ragg qui triturait toujours ses poils noirs. Alors écoutez ce qui va suivre : vous vous doutez que la partie de cache-cache est terminée pour vous... Nous allons vous emmener dans un endroit où nous allons procéder à votre exécution. Je vous demande de ne rien tenter qui pourrait encore la retarder et de vous rendre compte que vous n'avez plus aucune chance ni de vous échapper, ni de vous enfuir, ni d'appeler.

Dans le brouillard il indiqua la surface plane de la zone abandonnée d'un geste un rien théâtral.

— Alors pourquoi ne pas le faire tout de suite ici ?

— Nous n'avons aucune envie d'avoir à transporter vos corps pour les basculer à l'eau... Autant que vous le fassiez vous-même !

Au bout d'une centaine de mètres ils trouvèrent l'amorce d'un escalier. Mills et Phrya furent poussés à l'intérieur. Une large fente dans la paroi du sol laissait filtrer dans la soute une lumière oblique et sépulcrale.

Tout de suite ils virent l'extraordinaire excavation provoquée par la rouille.

Cent mètres au-dessous, l'eau de la lagune clapotait en produisant de gigantesques coups de gong sur les pilots des flotteurs.

Mills, qui avait eu un haut-le-corps, fut brutalement séparé de Phrya et saisi par deux Gardes qui retournèrent ses bras dans son dos.

— Allez, avance !

— Faut-il que vous ayez honte de ce que vous faites pour venir vous cacher ici.

— Vous n'y êtes pas, rigola Ragg, j'ai seulement reçu l'ordre de faire ça discrètement, voilà tout !

Il arriva près d'un locotracteur abandonné depuis des décennies.

— Stop, restez où vous êtes !

Au bord du gouffre il vit l'eau qui clapotait monstrueusement et l'écume qui gerbait à chaque pulsion de la houle. Les pilots plongeaient dans la lagune dans une perspective vertigineuse.

Ragg fit un signe et les deux gardes armés de thermique s'approchèrent. L'un d'eux demanda :

— On commence par l'homme ou les deux ensemble ?

— La fille d'abord... Je veux que ce salopard la voit faire son trou dans l'eau. Et crois-moi, Stabkor, ce n'est pas cher payé pour ce qu'il m'a fait.

— Séparez-les ! fit le Garde. La fille d'abord !

Phrya poussa un hurlement qui résonna lugubrement dans la caverne de métal.

— Non ! Non, vous entendez, vous êtes des monstres ! vociféra Mills d'une voix blanche.

Il fut tiré en arrière et séparé de Phrya qui resta seule, là où le métal s'effritait au bord de l'excavation.

— A toi, Karlak.

Alors comprenant qu'elle n'avait plus la moindre chance, voyant les gardes se reculer prudemment, Phrya se tourna vers Mills et vrilla avec une intensité pathétique le regard de ses prunelles claires dans ses yeux. Un regard qui dura un siècle. Un grand siècle.

En face d'elle le tueur s'était reculé de dix pas. Il mit son appareil sous tension et regarda son chef qui lui-même, un sourire béat aux lèvres, observait Stanek Mills, jouissant au plus haut point de l'instant présent.

A cet instant il n'était plus qu'un bloc de haine absolue.

*
**

— Allez-y ! Dépêchez-vous !

Les deux Gardes Noirs jaillirent hors du glisseur qui venait de s'immobiliser à la file des trois autres. Ils avisèrent une silhouette immobile dans le brouillard et foncèrent vers elle.

— Où sont-ils ?

— Ils sont descendus, bredouilla l'homme qui gardait les trois glisseurs.

— Conduisez-nous !

— Je ne peux pas quitter ce poste...

— Conduisez-nous : c'est un ordre du Conseil Suprême. Direct !

L'homme à l'uniforme noir sortit un pectoral de sa poche et le brandit sous les yeux éberlués du Garde.

— Venez, fit alors celui-ci d'une voix détimbrée.

Ils trouvèrent l'amorce de l'escalier et dévalèrent celui-ci. Ragg, qui à cet instant éclatait de rire en levant la main en dépit des supplications de Phrya, se retourna d'un bloc.

— Arrêtez ! Arrêtez immédiatement !

— Ah ça non ! cria Ragg lorsqu'il vit les trois Gardes Noirs surgir.

Il aperçut alors la bande pectorale bleutée sur leur uniforme sinistre et haussa un sourcil de stupeur.

— Arrêtez tout ! Stoppez cette exécution ! crièrent les Gardes en courant vers eux. Ragg ? Qui est Ragg ?

— C'est... c'est moi, mais...

— Suivez-nous !

Ragg nota le cerveau stylisé que l'homme lui brandissait sous le nez et sentit la terreur l'inonder.

— Mais... je n'ai fait qu'obéir aux ordres. Je...

— Les ordres sont maintenant de monter en surface voir l'Envoyé !

— L'Envoyé ? Un Envoyé ?

— Oui. Du Conseil Suprême et du Head Galactic Council, rien moins !

— Alors l'exécution...

— Vous devez vous douter qu'on n'a pas fait tant de chemin pour assister benoîtement à la mise à mort des deux condamnés ! Venez !

Ragg fit un geste de la main et les deux Gardes qui devaient conjointement passer Mills et Phrya au thermique baissèrent le convecteur de leur arme.

Livide, Ragg redescendit quelques instants plus tard dans la cale.

— L'exécution est annulée ! bégaya-t-il... Les deux condamnés sont libres...

Stan Mills courut vers Phrya, la saisit à bras-le-corps et la ramena dans une zone où le plancher ne paraissait pas sur le point de s'effondrer à chaque instant.

— Venez ! Venez ! ordonna le Garde au pectoral bleu.

Trébuchant à chaque marche, à demi inconscients de ce qui leur arrivait, ils débouchèrent à nouveau dans le brouillard brûlant et marchèrent à l'aveuglette, suivant le rail magnétique, jusqu'à ce que les glisseurs apparaissent.

— Montez ! Montez avec moi !

La voix, haut perchée, était celle d'un homme au visage replet, habillé d'une tunique vermillon au double boutonnage en « V ». Ses cheveux étaient blancs et lisses, et son regard aigu se posa avec une curiosité mêlée d'une intense satisfaction sur la jeune femme et l'homme qui la soutenait.

Littéralement anesthésié par ce qu'il venait de vivre, Mills aida Phrya à embarquer dans la bulle de lympar et s'effondra près d'elle.

— Ainsi vous êtes Stanek Mills, et vous Phrya Rutherford ! Vous n'imaginez pas ce que je suis heureux de vous voir enfin... J'ai bien traversé un quart de la Galaxie pour vivre cet instant précis !

Lorsque le glisseur démarra souplement, la sinistre silhouette des Gardes Noirs se dilua dans l'épaisse brume.

— Mon nom est Willoughby. Clamor, Stim, Willoughby ! Et je siège au Conseil Suprême, se présenta alors l'homme au ventre rebondi de sa voix fluette. Et je suis venu pour vous rencontrer. Depuis Altaïr.

— Altaïr ! s'étrangla Mills.

— Exactement. De Sérafipolis pour être plus précis.

— Est-ce... est-ce que nous sommes toujours condamnés à mort ? demanda alors Mills.

— Oui. Oui, toujours, avoua Willoughby.

Et il ajouta avec un bon sourire sur ses lèvres charnues :

— Ce qui du reste n'a strictement plus aucune importance...

CHAPITRE XIII

Allongé sur sa couchette, Stanek Mills, vêtu d'une tunique de cabine mauve comme on en portait parfois sur Altaïr, contemplait par la mince fente-hublot l'étrange glissement des étoiles.

Il avait l'impression de naître à nouveau. Mieux : de revivre heureux...

Pour lui, avoir quitté cet enfer d'Hydraxos dans cette véritable torpille spatiale qu'était le V-6 « Marauder », c'était un peu comme s'il était ressuscité.

Il bâilla, s'étira et tendit le bras pour connecter la musique d'ambiance que diffusait en permanence le « board » de cette spationef officielle au luxe plus que raffiné.

Sur le côté droit du navire, en accélération continue depuis qu'il avait repoussé ses pylônes magnétiques du relais orbital d'Hydraxos, flamboyait une des lunes de Céphée. Ses tempêtes de méthane peignaient dans le cosmos insondable et obscur une fresque surréaliste, vertigineuse et d'une ineffable beauté sauvage.

Deux coups brefs à la porte ovale.

— Entre : je sais que c'est toi !

Phrya apparut, souriante, revêtue d'une sorte

de toge orange vif serrée en chlamyde à la taille et à l'épaule. Elle avait relevé ses cheveux roux en un somptueux chignon que traversait une épingle d'or.

Le souffle coupé, Stan se releva sur un coude.

— Eh bien dis donc...

Elle referma l'étroite porte et vint s'asseoir tout contre lui, sans sourire, sans bouger, le considérant seulement de ses yeux pâles d'un regard intense et profond comme l'espace.

— Phrya, qu'est-ce que tu as ?... Je ne t'ai jamais vue si belle !

Il l'attira contre lui et enfouit son visage dans son cou, s'enivrant au discret parfum dont la jeune femme s'était oint le corps. Le visage brusquement figé, Phrya se raidit quelques secondes puis posa ses lèvres sur les siennes.

Au mouvement qu'elle fit l'échancrure de sa toge s'agrandit, dévoilant à demi un sein ferme à la pointe déjà durcie qu'il caressa lentement avant d'embrasser celui-ci en une caresse lente et savante.

— Stan... Stan, j'ai vraiment l'impression d'avoir vieilli de dix ans là-bas, sur Hydraxos, frémit-elle en décroisant ses longues cuisses fuselées. Dix ans ! Dix ans de ma vie j'ai laissés là-bas en deux semaines...

— Mais non, tu es toujours aussi belle, Phrya, aussi belle que lorsque je t'ai aimée pour la première fois sur Cygnus III.

Elle secoua la tête et ses boucles rousses voltigèrent, caressant le visage de Mills. Involontairement, elle lâcha un soupir et ferma les yeux lorsque la caresse de sa langue se fit trop précise. On aurait dit que tout son corps était agité d'un bref tremblement, comme si elle ressentait déjà un plaisir diffus, mais intense. Un plaisir naissant que lui donnaient ses caresses de plus en plus précises.

Tout à coup, son visage perdit toute expression, elle s'écarta de lui et referma les pans de son corsage sur deux seins déjà gonflés de volupté dans l'attente de la possession future.

— C'est pour ça que je me suis faite belle.

— Tu veux dire, pour te prouver que tu étais toujours la même ?

— Les femmes ont besoin de ça, Stan ! De se prouver qu'elles sont toujours elles-mêmes, toujours attirantes... et après ce que j'ai vécu...

— Ce que *nous* avons vécu, rectifia-t-il.

— Toi tu n'as pas vu le gouffre et l'écume, ni les arcs-boutants des flotteurs, tu n'as pas senti le sol commencer à s'effriter sous ton poids... Tu sais ce que je me disais en regardant l'homme redresser son thermique vers mon ventre ?

Il secoua la tête, le visage brusquement durci.

— Je me disais simplement ceci : « Pourvu qu'il ne me rate pas ! » Qu'il ne me rate surtout pas et que je sois bien morte en touchant l'eau... et je voyais aussi les macrophages se disputant mon corps et puis...

Il se jeta sur elle au moment où sa voix s'était faite hurlement et lui ferma les lèvres d'un baiser.

— Phrya, pourquoi as-tu refusé de prendre ces gélules d'oubli que voulait te faire avaler Willoughby ?

— Parce que je ne veux pas oublier ; je ne veux rien oublier de tout ça. Jamais !

— Tu ne feras que te torturer, rien d'autre !

— Fais-moi l'amour, Stan... Alors fais-moi oublier !

Il riva sa bouche sur la sienne, lui écarta les jambes d'un mouvement de reins et la pénétra avec une infinie douceur. Ensuite lui-même ne bougea plus, désirant prolonger l'instant de la possession réciproque dans une muette mais intense communion charnelle.

Au bout d'un moment elle eut un gémissement, cambra les reins et s'empala plus profondément sur lui.

— Stan..., est-ce que je revivrai toujours ces instants ?

Il piocha en elle d'un puissant coup de reins. Unique. Rien que pour le plaisir de la voir trembler sous son étreinte.

Les traits creusés de désir, il affirma d'un ton rauque :

— Moi je te ferai oublier...

Lentement, il commença à explorer son corps de ses mains nerveuses, la sentant frémir à chacune de ses caresses de plus en plus précises. Lorsqu'elle n'y tint plus, elle planta ses ongles dans ses épaules et s'offrit avec une sorte de frénésie pathétique.

Son plaisir vint tout de suite. Terriblement bref et terriblement violent, presque douloureux. Elle hoqueta, les yeux révulsés, et se cabra avec violence. Tous deux roulèrent l'un sur l'autre, ne formant plus qu'un seul corps soudé par une étreinte démentielle.

Le buzz-buzz de la porte les fit sursauter.

Phrya, déjà craintive, se détacha de son compagnon et se drapa dans un voile de mylar.

— Qu'est-ce que c'est ? demanda Mills d'une voix rogue.

— Tho-Chàn, monsieur.

L'insulte au bord des lèvres, mais bien trop inquiet pour protester, Mills s'assit sur le rebord du lit, prit ostensiblement un lecteur de quartz dans les mains et provoqua l'ouverture de la porte.

L'homme qui entra était petit, de type tibétain : il portait une unique natte noire et courte ramassée en chignon-spirale dans son dos. Le regard de ses yeux si extraordinairement bridés qu'ils semblaient ne plus former qu'une simple fente, se posa alternativement sur la jeune femme et sur lui-même, pourtant pas un seul muscle de son faciès impassible ne cilla.

Ni Mills, ni Phrya n'étaient parvenus à déterminer ce que faisait cet homme à bord du vaisseau intra-galactique du Head Galactic Council. En plus de ses fonctions « apparentes » de majordome bien entendu.

Du reste l'équipage était quasiment invisible...

— Bonjour, Tho-Chàn... prononça Mills du bout des lèvres, que se passe-t-il ? Est-ce que cette accélération continue va encore durer longtemps ?

— Encore trois cent vingt minutes, monsieur... On ne peut pas faire autrement.

— Mais nous allons atteindre une vitesse proprement fantastique !

Le petit homme se rengorgea et toute sa figure cuivrée et luisante parut se plisser sous l'effet d'un rire silencieux.

— Le Marauder peut se le permettre, monsieur !

— D'accord ! D'accord ! Ce n'est pas une de ces grosses baleines que sont les cosmotankers de la Spacomac que je fréquente habituellement !

— Ce n'est pas ce que j'avais voulu dire, monsieur... J'étais venu vous dire que le Sage Willoughby désire s'entretenir avec vous.

— Willoughby ! laissa tomber Phrya déjà effrayée.

— Il vous attend dans son bureau, c'est tout à l'avant de l'appareil au-dessus du poste de débarquement dans le secteur réservé.

— Je vois, fit Mills qui se souvenait.

Une trentaine d'heures plus tôt, Willoughby lui avait fait visiter cette petite merveille qu'était un « Marauder ». Il se rappelait des tentures d'un autre âge mêlées à des sculptures et des holographies saisissantes de précision qui faisaient qu'on se demandait si l'on se trouvait dans un musée élevé à la gloire du génie humain ou lancé à bord d'un projectile dont la vitesse défiait jusqu'à l'imagination.

Le Tibétain, ainsi qu'avait décidé de l'appeler Mills, ajouta avec un sourire rapide sur ses lèvres violettes :

— En fait il veut vous voir tout de suite, monsieur. A dire vrai il vous attend.

— Très bien, Tho-Chàn, nous nous y rendons.

L'homme esquissa une imperceptible courbette, posa la pointe de ses doigts à hauteur de la ligne de ses yeux en guise de salut et s'effaça, refermant silencieusement la porte derrière lui.

« Que peut-il bien nous vouloir ? » s'interrogea Phrya.

Mills encastra son visage dans le masseur ionique puis se débarrassa de sa courte toge pour endosser une tunique de cabine couleur safran.

— Oh, c'est tout simple ! Ce qu'il nous veut c'est nous faire connaître le prix de la liberté !

— Le prix de la liberté ?... Alors c'était ce que tu craignais ?

— J'en ai bien peur... Et puis il y a cette accélération continue à 3 g qu'on encaisse depuis vingt heures maintenant... tout ça ne me dit rien qui vaille...

Ils sortirent dans l'étroite coursive centrale du petit vaisseau. Elle était tapissée d'une matière douce et soyeuse sur laquelle, curieusement, les floods des plafonniers jouaient en profondeur.

Une musique douce, à base de strand (1) était diffusée par d'invisibles baffles et le sol était souple comme du gazon terrestre.

Parvenus dans le secteur avant du « Marauder », Mills frappa à une réplique en réduction d'une des portes de bronze de la Mensa de Sérafipolis ornée du triangle et de la spirale, symbole de toute évolution naturelle.

La voix grave et toujours un rien précieuse de Willoughby jaillit d'un minuscule ampli dissimulé derrière l'étonnante tenture :

— Entrez, entrez tous les deux, je vous attends...

Mills trancha de la paume de la main un mince rayon cramoisi et la fausse porte d'airain s'écarta avec lenteur.

Le souffle coupé, ils débouchèrent dans une demi-sphère transformée en salon-bibliothèque richement décorée et au centre de laquelle se trouvait une table basse circulaire entourée de quatre fauteuils-coquille. Bien que parfaitement à l'abri sous le bulge blindé, la voûte de la sphère renvoyait « en réelle » l'image du cosmos que traversait le « Marauder » avec une telle précision qu'il en donnait le vertige.

Le ventripotent Willoughby fit pivoter son fauteuil et, avec un grand sourire, tendit en signe de bienvenue les mains vers Mills et Phrya.

— Alors, avez-vous pu dormir enfin ?

La jeune femme secoua la tête.

— J'ai peur de ne jamais retrouver le sommeil, j'ai même peur de fermer les yeux... En fait, je n'ose plus m'assoupir.

Willoughby tendit ses doigts replets et caressa doucement la peau satinée de l'épaule de Phrya.

(1) *Instrument hybride entre la harpe et la cithare très en vogue actuellement dans certains milieux d'Altaïr.*

— Stan Mills, vous devriez la décider à prendre ces gélules que je vous ai proposées... Sinon, ma chère, le souvenir de cette exécution qui a failli avoir lieu vous hantera jusqu'à la fin de vos jours.

Tho-Chàn apparut et, dans le plus parfait silence, déposa trois pipettes de cristal ouvragé aux armes du H.G.C. emplies d'un liquide bleu et s'effaça sans aucun bruit.

— Oh, Tho-Chàn ? Enlevez-moi donc cette « réfraction », je finis par en avoir assez de toutes ces immensités.

— Certainement, Excellence...

Dix secondes plus tard, Mills et Phrya eurent la surprise de voir le plafond translucide s'opacifier peu à peu pour faire place à une voûte de longerons et d'entretoises entièrement sculptés comme dans les antiques palais protohistoriques de la planète mère.

— Incroyable ! ne put s'empêcher de murmurer Mills qui n'arrivait pas à détacher ses yeux des moulures dorées.

Mais Willoughby, que ce spectacle n'intéressait pas plus que la surprise de ses deux invités, attaqua après avoir aspiré une gorgée d'Oldfolk et pris aussitôt le comprimé de neutralisant.

— Stanek Mills, vous permettez que je vous appelle ainsi, n'est-ce pas ? J'ai beaucoup de choses à vous dire : beaucoup.

Mills et Phrya reposèrent d'un même geste et avec un ensemble parfait leur pipette de cristal. L'onctueux Willoughby aux manières enveloppantes était soudain devenu un autre homme. Sa voix elle-même avait perdu de ses rondeurs.

— Mills, retenez-vous de hurler : *Nous retournons sur Cygnus III !*

Sous le coup, Mills se sentit blêmir et en resta quelques brèves secondes comme tétanisé. Ensuite ses épaules s'affaissèrent.

— Désolé, Mills, ce n'est pas du chantage vous savez ! Je ne dis pas : Je vous ai sauvé la vie *donc* vous allez me conduire à la vieille station Cyclops de Cygnus III. Je dis : nous allons à Cygnus III. Rien d'autre.

Il plissait ses petits yeux enrobés de graisse comme pour mieux disséquer les pensées de Mills. Sa voix s'était faite à nouveau doucereuse et ampoulée lorsqu'il ajouta avec un sourire qui découvrit une surprenante dentition de loup sous des lèvres trop charnues :

— Je ne suis pas venu en catastrophe d'Altaïr pour vous sauver la vie à tous deux pour vos beaux yeux, vous vous en doutez...

Mais Mills secoua la tête, effondré.

— Non, Excellence, souffla-t-il enfin d'un ton lugubre, demandez-moi tout ce que vous voudrez, mais pas ça... Jamais je ne retournerai sur Cygnus III. Jamais !... Ça a été l'enfer pour moi et mes compagnons là-bas. Je ne pourrai pas revivre ça une seconde fois. Jamais !

Il avait terminé sa phrase comme on achève un sanglot. Les ombres du vieux Bender et de sa main artificielle, du blond Pavel-Polov devenu fou et de la jolie Syburg flottèrent dans le luxueux salon.

Willoughby vit que l'extrémité des doigts de Mills tremblait sans discontinuer et que les lèvres de Phrya s'étaient faites toutes bleues.

Il sentit une sourde excitation l'envahir peu à peu. Ainsi il ne s'était pas trompé : il y avait bien eu *quelque chose* à Cyclops. Quelque chose d'effrayant, quelque chose d'incroyable... donc de supranormal !

Quelque chose qui s'appelait « tentative de

contact » de la part d'obscures entités, celles que, depuis des millénaires, par esprit d'obscurantisme, Terre refusait d'accueillir.

Mills jeta un regard de noyé en direction de Phrya qui se tenait toute droite, ce qui donnait une forme surprenante à son fauteuil. Elle plus que quiconque savait ce qui les attendait s'ils retournaient dans la station maudite.

La même mort que ses compagnons...

Willoughby se pencha lentement en avant.

— Stanek Mills... Racontez-moi la fin de Cyclops ! Que s'est-il *vraiment* passé là-bas ? Je veux savoir...

Mills se mordit les lèvres. Il semblait ne pas avoir entendu. Son visage avait perdu toute expression et il fixait le fond de la sphère comme s'il ne la voyait pas.

— Eh bien, Mills, je vous attends... gazouilla Willoughby qui prit sa pipette de cristal et en suçota l'extrémité recourbée avec ces gestes raffinés qui n'appartenaient qu'à lui.

— Que vous dire, Excellence... C'est tellement incompréhensible, irrationnel que vous ne me croiriez pas. Je n'ai aucune envie de passer pour un fou ou un demeuré...

— Justement, Mills, s'il y a un homme qui est disposé à vous croire, c'est moi... Croyez-vous que j'aurais traversé la moitié du monde connu pour sauver un obscur employé de Maintenance en infraction avec les lois édictées par le H.G.C. si je n'avais pas eu la certitude, je dis bien l'absolue certitude, que vous saviez quelque chose ? Quelque chose d'irrationnel ?

Mills jeta un coup d'œil à Phrya qui battit des paupières.

— Ce n'était pas un vaisseau, Excellence... C'était... une pyramide. Elle n'a jamais donné l'impression de se déplacer, elle s'est matérialisée graduellement... Elle était protégée par un formidable champ de forces et Cyclops a été totalement isolé en quelques secondes... Cette pyramide, c'était la forme du vaisseau... ou du moins de cette structure, était renversée... Ça défie l'imagination, les lois de l'équilibre... tout!

— Alors? souffla Willoughby. Et alors?

— Tout d'abord il ne s'est rien passé. On regardait tous, c'est tout. Certains voulaient aller au-devant de cette structure posée au milieu du cratère, d'autres voulaient fuir... Ce n'était pas vraiment la panique, plutôt la pagaille, une pagaille noire!... Au bout d'une trentaine de minutes (nous ne pouvions toujours rien émettre en direction de Terre ou de la station-relais) des perles de lumières se sont échappées d'un des flancs de la pyramide.

— Des perles de lumière...

— Oui; elles étaient bleutées mais pouvaient également changer de couleur. Nous, nous regardions ça par les hublots de la station de tracking. Kelmax, qui nous dirigeait, disait même qu'on avait l'extrême chance de vivre un instant capital de l'histoire de l'humanité, précisa Phrya.

— Et que s'est-il passé?

— Les perles de lumière giclaient par gerbes et s'amassaient comme une formidable cellule organique... Elles stagnaient à environ cinquante pieds du sol. Ça a duré une vingtaine de minutes et, soudain, comme si rien ne les soutenait plus, elles sont tombées au sol et ont commencé à rouler, à se bousculer, à converger vers nous... On aurait dit une rivière de feu qui se dirigeait vers la station.

— Et là nous avons commencé à avoir peur, se rappela Phrya (1).

(1) *Voir* Mortel contact. *Même auteur, même collection.*

— Prodigieux ! s'exclama Willoughby, la gorge sèche car il y voyait enfin confirmation de sa théorie.

Un silence pesant envahit la sphère. Mills, le visage exsangue, semblait avoir du mal à rassembler ses souvenirs.

— ... Moi j'ai eu peur, avoua Phrya, et Stan aussi... Nous nous sommes enfuis au plus profond de la station, près du réacteur d'énergie. Et nous avons attendu, attendu et encore attendu. Quand, à demi morts de soif, nous avons osé sortir, la base était vide.

— Vide ? Comment ça, vide ?

— Il n'y avait plus personne.

— Et le... le vaisseau immobile ?

— Il finissait de se dématérialiser comme il était venu, renvoya Phrya.

— Oui, il était à nouveau parcouru d'arcs gigantesques et constellé d'étincelles géantes ; mais sous sa carapace de lumière il perdait progressivement son opacité, devenait translucide, diaphane, transparent et pour finir invisible.

— Pour nous il retournait d'où il venait... Je veux dire dans son époque.

— Et à sa place il ne restait rien, même pas un creux dans la poussière stellaire... C'était incroyable. Et c'est pourquoi nous avons pensé qu'il ne voyageait pas dans l'espace mais dans le temps et qu'il était toujours parfaitement immobile. Il avait *toujours été là !*

— Oui, toujours là, répéta sombrement Mills. A nous observer...

— Je sais. Et il en est ainsi depuis la nuit des temps, rappela Willoughby d'un ton pénétré.

Le silence retomba sur eux comme une chape de plomb. Un silence peuplé de fantômes et que personne n'osait rompre.

Au bout d'un moment Willoughby saisit sa pipette entre ses gros doigts et but une minuscule gorgée.

— Alors nous avons appelé au secours, nous avons dit ce qui s'était passé, haleta Mills. Et aussi tout ce que nous avions vu. Et aussi que nous étions seuls...

Willoughby, le visage soudain creusé par une attention plus soutenue encore, reposa sa pipette de cristal dans son logement pour qu'elle ne dérape pas dans l'accélération continue à laquelle était soumis le « Marauder ».

— Ils ont envoyé Barham avec un CD-8 « Explorer ».

Phrya se tourna vers Willoughby, paumes en avant.

— Un Garde Noir chargé de nous exécuter... Mais ça, nous ne l'avons compris qu'après. Plus tard.

— C'est ainsi, Excellence...

— Ainsi donc le H.G.C. offrait une fois de plus un sacrifice humain au nom de la Vérité Officielle ! Celle d'Irkham ! Un crime de plus, un crime ignoré aux confins de la galaxie connue et décidé à le rester.

— C'est monstrueux, n'est-ce pas, articula Mills.

— Mais ce Barham... comment est-ce arrivé ?

— Mon chef d'équipe, le vieux Bender, était un vieux routier de l'espace, il racontait souvent des choses extravagantes, rappela Mills. Et il parlait souvent de la Vérité Officielle... Alors ça m'a aidé à comprendre...

— A comprendre ?

— Les vraies raisons pour lesquelles ce Barham était venu sous prétexte de nous récupérer... A partir de ce moment-là ça a été lui ou moi... Excellence.

— Logique. Quand on vit dans le mensonge depuis des millénaires il est beaucoup plus simple de continuer à s'y enfoncer que d'essayer de s'en sortir, lâcha Willoughby, sentencieux...

Il hocha la tête lentement et pendant un temps qui parut une éternité.

— Autant vous dire la vérité. La *vraie :* ces créatures tentent parfois de prendre contact avec nous. Et ce, depuis *des millénaires.* Ces sortes de tentatives sont répertoriées depuis que l'écriture existe ! Leurs manifestations échappent à toute logique...

Il secoua la tête et soupira :

— Ecoutez-moi bien, vous avez actuellement contre vous l'humanité tout entière. A commencer par le Suprême Conseil dont je fais partie. Accepter l'idée qu'il y a *autre chose* que l'humain pulvériserait tous les tabous qui ont canalisé les pensées des hommes et guidé leur conduite depuis des siècles... Oui, nous avons maintenant trois milliards d'hommes et de femmes contre nous...

— Mais... vous..., commença Phrya effrayée.

— Justement ! Nous, nous sommes un petit nombre, un tout petit nombre à penser passionnément qu'il faut faire fi des tabous ancestraux, qu'il faut faire un pas, un seul, et accepter le contact enfin. Avouer ce qui est vrai : nous n'avons *jamais* été seuls dans l'Univers. *Jamais. A aucune période de l'histoire de l'humanité...*

Il passa la main sur son visage tout en rondeurs.

— Voilà pourquoi nous retournons sur Cygnus-III.

— Mais... nous allons à la mort, Excellence ! s'insurgea Mills.

— Certes... mais à une mort *utile !*

CHAPITRE XIV

— Par tous les chiens d'enfer : un ordre de tir !

Et le commandant Stareko se retint de dire : « un vrai »...

Six heures vingt-trois minutes après avoir été émis des paraboliques géants d'Altaïr et retransmis par le relais Phobos-Omega-II, le message venait de frapper les antennes du Colossus.

Depuis que toute idée de conflit avait enfin quitté l'esprit humain, c'est-à-dire depuis que celui-ci s'était lancé dans la grande aventure de la colonisation des terres inconnues, les cosmocruisers se cantonnaient plutôt dans des missions de liaison, de surveillance et aussi souvent de sauvetage et n'avaient que très exceptionnellement l'occasion de catapulter une de leur terrible gamma-sonde sinon pour désintégrer quelque astéroïde menaçant les flux commerciaux.

Comme si brusquement Stareko venait enfin de réaliser ce qui venait de lui arriver, sa main rampa vers le poussoir de la salle de télétir.

— Strom ? Paramètres d'une trajectoire pour la station Cyclops de Cygnus III.

— Cyclops de Cygnus III ! Vous les aurez dans dix secondes, reprit l'officier sans s'émouvoir et se demandant ce que diable le commandant

Stareko allait bien pouvoir faire dans ce coin paumé de la Galaxie.

Un klaxon d'alerte résonna dans tout le secteur de la plate-forme de tir. Le son en arrivait étouffé au blockhaus de cosmonavigation.

— Alors, Strom, ça vient ?

— Je... Oui, commandant. C'est pour une liaison hyperfr...

— Non. C'est pour un tir !

— Pour un...

— Grouillez-vous, Sbrodjes !

Stareko, qui tournait comme un fauve en cage dans la salle de télécontrôle où il venait de surgir sous l'œil effaré de ses transmetteurs, s'arrêta pile au niveau d'un de ses navigateurs.

— Nav', c'est quoi cet objectif ? Station Cyclops, ça veut dire quoi au juste ?

— Attendez, commandant, je me renseigne sur le dossier d'objectifs, je n'ai jamais entendu parler de ça.

L'homme aux cheveux ras activa une mémoire qui recracha un long paragraphe de chiffres et de lettres.

— Une station aux confins. Personnel : vingt-cinq hommes et femmes. Deux atomiciens, cinq hommes de maintenance, trois spacecoms, cinq télétrans...

— Oui, épargne-moi ça. Ça sert à quoi ?

— Euh... voyons... ah, voilà ! Mission : détecter et éventuellement détruire les astéroïdes menaçant les flux commerciaux. Le personnel est relevé tous les six mois.

— Ah... Et cette station est abandonnée ?

Stareko alla s'asseoir sur son fauteuil au milieu de la salle circulaire.

— Rien qui le dise, commandant.

Il réfléchit brièvement, attendant les paramètres de trajectographie.

« ... C'est idiot ce que je pense, si elle était encore habitée, personne ne tirerait dessus. C'est évident... Ces renards du Conseil Suprême veulent tester ma rapidité de réaction. Bon sang, j'en étais sûr ! »

Il aboya aussitôt devant un écran :

— Alors, ces coordonnées de tir, ça vient ?

— Il y a l'attraction de Procyon, il faut en tenir compte, commandant, répondit l'officier de tir qui suait sang et eau, aussi surpris que Stareko l'avait été lui-même.

— Ici Stepan, le missile est réactivé mais les mémoires sont vides, commandant.

— Bien, Stepan. Question de secondes. Les Nav' planchent dessus.

Comme une terrifiante paupière, un long panneau de blindage s'écartait en superstructure, dévoilant la tête effilée du puissant missile et de ses trois *boosters*. La gamma-sonde se dressa avec lenteur sur son rail directionnel avant de s'immobiliser sur sa rampe, prête à avaler l'espace pour exploser dans une formidable déflagration, vitrifiant tout ce qui se trouvait autour d'elle.

— Commandant..., ici Stepan. Coordonnées reçues et mises en mémoire.

— Bien. Vérification. Poussez-les à la centrale de tir et passez-les à Zwinger. En clair.

— Sans... Je veux dire sans double décompte ?

— Exact. Si vous vous êtes trompé dans vos calculs, alors Dieu ait pitié de vos cendres. Cet ordre de tir émane du H.G.C. lui-même et vient d'être retransmis en flash et en codé, croyez-vous que j'aie le temps de vous faire refaire vos additions ?

Stareko avait l'impression que le temps s'était arrêté de couler. Jamais les minutes n'avaient été si longues.

Brutalement, le feu vert du sélecteur de tir lui éclata en plein visage.

— Prêt !...

— Catapultage immédiat.

Moins d'une seconde plus tard tout le vaisseau résonnait comme s'il venait d'être percuté par une météorite. Dans le même temps, au milieu d'un formidable Niagara de flammes, la gamma-sonde s'élança dans l'espace noir. Elle y décrivit un formidable arc de lumière et, accélérant d'une manière démentielle grâce à ses trois *boosters*, s'orienta graduellement vers le soleil noir de Céphée.

— Séquence catapultage terminée, annonça une voix synthétique.

Et tout aussitôt retentit celle de Stepan, l'officier de tir.

— Missile en trajectoire... Durée transit-objectif soixante heures deux minutes sept secondes. Faut-il en catapulter un second ?

— C'est ça, faites du zèle ! Savez-vous que vous avez mis rien moins que neuf minutes entre la réception de l'ordre de tir et le catapultage ? C'est votre plus mauvais temps. D'ici que les calculs de trajectographie de Zwinger soient erronés, il n'y a qu'un pas. Mais là je vous jure, si je dois catapulter un second missile, alors je vous fous mon billet que vous partirez avec !

CHAPITRE XV

Le visage incliné contre le hublot de la petite navette en forme de squale qui s'était décrochée du V-7 « Marauder » en orbite basse autour de Cygnus-III, Stanek Mills et Phrya regardaient le fond effrayant de l'immense cratère monter vers eux.

— La lumière ! s'exclama Mills... La lumière... Il y a encore de la lumière...

Il prit Phrya par les épaules.

— Le gyrophare d'approche fonctionne encore.

Elle lui souffla à l'oreille :

— J'ai peur, Stan... Nous n'aurions jamais dû revenir ici.

Et elle pensa : « Surtout avec ce vieux fou... »

Devant eux, allongé sur sa banquette de pilotage, Akins, le pilote du mini-*shuttle*, s'affairait sur ses commandes. Lui aussi avait localisé la lueur du gyrophare d'approche dans le vide absolu, tremblotante lueur dans l'un de ces gouffres qu'étaient les cratères équatoriaux du planétoïde et se dirigeait droit dessus.

Derrière eux Willoughby écarquillait les yeux pour détecter cette timide clarté, la seule qu'ait jamais connue l'obscurité des profondeurs galactiques et qui disait à la face de l'Univers qu'un jour une fragile vie humaine avait survécu là.

— La microcentrale doit marcher encore, il n'y a pas de raison, soliloqua Mills.

Il secoua la tête et ajouta, pour lui-même :

— Non, il n'y a aucune raison. Et qui serait venu la dérégler ? Son cœur radioactif est prévu pour durer un demi-siècle.

Les falaises déchiquetées qui bordaient le cratère, et dont nulle érosion n'était jamais venue adoucir les formes, les surplombaient maintenant d'une manière inquiétante.

L'estomac serré, Mills demanda :

— Combien de temps allons-nous rester, Excellence ?

Dans son dos Willoughby frotta l'une contre l'autre ses mains de prélat et annonça le plus paisiblement du monde :

— Le temps qu'il faudra, Mills, le temps qu'il faudra.

La navette eut une sorte de soubresaut lorsqu'Akins déconnecta la tuyère de propulsion. Elle s'enfonça alors verticalement vers la lumière qui maintenant, dix mille pieds plus bas, tournoyait sans cesse dans un appel qui ne signifiait plus rien.

— Mais... ils sont venus et ils sont repartis... Rien ne dit qu'ils reviendront jamais. Pour eux le temps ne compte pas.

— Un risque à courir, Mills, renvoya doucement Willoughby sans se départir de son calme olympien.

— Tenez ! On commence à apercevoir les bâtiments ! lâcha Akins qui venait de brancher la vidéo frontale.

Effectivement le grand dôme surmonté des huit antennes de *tracking* qui étaient la raison d'être de cette station « aux confins » dessinait un cercle parfait dont la clarté tranchait violemment avec le gris bleuté de la poussière sélénite.

Phrya tourna vers Willoughby un visage que la faible luminescence du plafonnier rendait encore plus blême.

— Mais, Excellence, nous pourrions passer notre vie ici sans même les voir réapparaître.

— C'est exact... C'est parfaitement exact.

— Essayez de vous positionner sur une des plaques d'atterrissages antithermiques, conseilla Mills, si nous arrivons à nous ventouser ça nous évitera une sortie en scaphandre.

— Mais c'est monstrueux! s'insurgea Phrya, oubliant à qui elle parlait... Je ne veux pas vieillir dans cette base abandonnée! Vieillir avec le souvenir de mes compagons. Si Stan et moi en sommes partis, c'était pour ne pas devenir fous...

— Vous dites vous-même que leur vaisseau... si l'on peut appeler ça un vaisseau, est immobile.

— Peut-être, mais il voyage dans le temps! Dans le temps, Excellence! Ils sont venus et sont retournés *dans leur époque.* Avec nos compagnons... Rien n'indique qu'ils reviendront jamais dans notre présent.

— C'est un risque à courir.

— Attention : prise de contact! avertit Akins qui n'écoutait pas ce qui se disait derrière lui.

Parvenu à moins de trois cents pieds du sol granuleux, le *shuttle* perdit rapidement sa vitesse de chute. A bord, le variomètre grimpa de moins douze mètres secondes à moins trois et tous ressentirent sous les fesses l'étonnant coup de pied lorsqu'Akins brancha le freinage automatique.

Sous le *shuttle,* la terre bouillonna en tempête. Le pilote était assez habile pour se positionner rigoureusement à la verticale d'une de ces plaques antithermiques qui servaient aux navettes de maintenance lorsque les équipes de relève venaient remplacer le personnel de *tracking*.

Un détecteur de collision couina quelques secondes puis fut remplacé par un timbre continu. Brusquement les six patins d'atterrissage crissèrent sur la plaque de céramique réfractaire et Akins coupa aussitôt tous les injecteurs.

— Poser effectué, Excellence.

— Parfait, Akins, approuva Willoughby d'une voix unie.

*
**

Catapultée par ses trois *boosters*, la gamma-sonde, avec sa charge nucléaire, après avoir incurvé sa trajectoire grâce à l'attraction de Procyon, accélérait toujours à 15 g et fonçait maintenant droit sur Cygnus.

Le terrifiant projectile autopilote dont la puissance pouvait vitrifier n'importe quoi dans un rayon de sept mille mètres continuait à soutenir une accélération permanente à hauteur 15 g et flirtait donc maintenant avec une vitesse proche de celle de la lumière.

Sur les écrans de contrôle de la salle de télétir, Zwinger hocha la tête d'un air soulagé et appela :

— Commandant ? La gama-sonde vient d'atteindre le point ultime de son accélération. Elle poursuit en trajectoire balistique.

— Bien, ça... Vous avez la conformité ?

— Oui, commandant ! se hâta de dire Zwinger, la trajectoire est totalement conforme. Même avec la courbure de Procyon.

— Qu'est-ce que vous êtes en train de me dire, Zwinger ?

— Que la probabilité de percuter la centrale de *tracking* de Cygnus-III avoisine maintenant les quatre-vingt-dix-huit pour cent.

— Magnifique, lâcha Stareko, plus soulagé que joyeux.

— L'autodirecteur s'est activé, commandant. Le missile est devenu son propre maître.

***

— Nous y voilà enfin ! s'exclama joyeusement Willoughby en se débarrassant du harnais qui le maintenait plaqué à son siège anti-g.

Sous le ventre rebondi du mini-*shuttle,* le sas télescopique venait de se déployer et les palpeurs s'occupaient à le positionner rigoureusement sur la trappe blindée.

— Tous les paramètres sont conformes, Excellence. Atmosphère parfaitement respirable dans Cyclops avec une légère saturation d'ozone.

Willoughby eut un geste un rien précieux comme s'il se trouvait dans un des luxueux salons de Sérafipolis.

— Je vous en prie...

Mills et Phrya s'engagèrent les premiers dans le puits vertical. Ne pouvant empêcher l'angoisse de les étreindre, ils prirent pied dans le tunnel et Mills fit jouer manuellement la première écoutille blindée.

Celle-ci se releva et, en ferraillant bruyamment, réveilla tous les échos silencieux de la base morte.

Eclairé de place en place par les spots des floods, le long tunnel leur apparut dans son intégralité.

Vide.

— Ça sent la mort ici, Stan ! souffla Phrya qui frissonnait en raison de la température boréale qui régnait dans le tunnel souterrain.

Il attendit que Willoughby et Akins aient à leur tour pris pied au sol et commença à avancer vers l'ancienne base.

— Stan ! Stan ! J'ai l'impression de retourner en enfer, chuchota Phrya.

— Mais non ! Je saurai bien convaincre ce vieux fou qu'il n'y a rien à gratter ici ! Si ces créatures reviennent d'ici un siècle ou deux ils ne trouveront de nous que notre poussière... et encore ! Terre aura bien été fichue de détruire la base avant... ou d'y mettre quelqu'un d'autre.

Tout en avançant, ils jetaient des regards furtifs autour d'eux comme si une horde de squelettes allait brusquement déboucher du fond du tunnel et se jeter sur eux.

Au bout de la rampe inclinée, ils débouchèrent dans la salle de *tracking,* le cœur de la station.

Le silence était effrayant.

Rien ne fonctionnait plus, les écrans étaient morts ou brisés par le formidable court-circuit qu'avaient provoqué les arcs de force du vaisseau lorsqu'il s'était matérialisé dans le cratère. Une veste de tunique de travail était restée sur un siège.

— C'est curieux... On dirait qu'ils sont partis il y a deux minutes, murmura Phrya, impressionnée.

Mills récupéra la veste : c'était celle de Kelmax, le chef des traqueurs. Il se rappela qu'il travaillait toujours en manches de chemise.

— Alors c'était bien ici que vous viviez ? demanda Willoughby qui se dandinait sur ses courtes pattes.

— Oui, assura Phrya, ici c'était les transmissions stellaires, les spacecoms et ça, la chaise télescopique de Kelmax, notre chef.

— Enlevé par les Inconnus.

— ...

Willoughby passa une main rapide dans ses cheveux blancs que la faible lumière irisait de mauve. Puis il se dirigea vers l'un des trois grands hublots ovales.

— Et c'est là que le vaisseau est apparu...

Ni Mills ni Phrya ne répondirent : tous deux s'étaient enfoncés dans la coursive qui menait à la microcentrale nucléaire. Ils en revinrent rassurés : tous les paramètres des fonctions automatiques étaient restés conformes. Le danger d'irradiation était donc nul.

Leurs pas résonnaient étrangement dans les couloirs déserts : ils avaient l'impression de violer une nécropole.

— Viens ! fit Stan, allons dans les silos.

Ils retraversèrent la grande salle. Akins, visiblement très mal à l'aise, furetait partout et Willoughby interrogeaient des écrans qui ne fonctionnaient pas.

— Tiens... le silo de Bender ! rappela Phrya, tendue.

La porte était restée entrebâillée. Ils la poussèrent sans oser entrer complètement.

Abandonné sur le filet de relaxation se trouvait le haut du scaphandre T qui lui servait pour les travaux « en extérieur », des tubes doses et des plaques de gélules d'euphorisant parsemaient toujours les tablettes et les casiers. De la poussière impalpable avait fini par saupoudrer le terminal.

Ici on aurait dit que la base s'était engloutie dans l'oubli depuis des siècles.

Le petit hublot triangulaire ne montrant plus que la lugubre lumière froide de Cygnus qui traversait le ciel en tourbillonnant toutes les six heures. Et aussi parfois le mini-*shuttle* qui étincelait chaque fois que le gyrophare de positionnement effleurait sa carapace argentée.

— Ainsi Bender vivait ici...

Ils se retournèrent, prêts à crier. Ce n'était que Willoughby arrivé à pas feutrés derrière eux.

Mills hocha la tête. Il essayait de brider son imagination qui lui faisait encore entendre les voix de ses compagnons, les rires des femmes et le pépiement irrégulier des écrans de *tracking*.

Mais le silence restait total.

Hallucinant.

Mills tourna le dos à Willoughby et, sans répondre, entraîna Phrya vers le fond de la coursive, talonné par l'épouvantable impression de s'enterrer vivant. L'escalator fonctionnait encore. Il se mit en marche vers le premier sous-sol, celui de l'infirmerie, du réfectoire et des cuves de retraitement des eaux.

— Mort... tout est mort, c'est effrayant ! chuchota Phrya comme si elle allait réveiller les ombres de ses compagnons.

Il y avait encore des reliefs de repas sur les tables, une chaise était renversée. La jolie Syburg à la flamboyante chevelure qui servait derrière le comptoir flotta dans leur mémoire.

Comme Phrya avançait la main vers un swab survitaminé, il lui bloqua le bras.

— Ne touche à rien... surtout ne touche à rien : on ne sait jamais.

Elle regarda une grande holographie terrienne qui représentait un paysage enneigé, Dieu savait pourquoi. Mille fois elle avait contemplé ce tableau en prenant ses repas. Sans y prêter attention. Et maintenant elle aurait hurlé d'envie de dévaler ces vallées blanches.

— Ne restons pas ici, fit-elle brusquement... J'ai peur... plus encore ici qu'ailleurs. Remontons !

Il la saisit par la taille et l'entraîna vers l'escalator.

— Ce vieux fou, bougonna-t-il, est bien capable de nous faire rester ici dix ans en attendant que les inconnus veuillent bien condescendre à pointer le bout de leur nez... s'ils en ont un !

Elle se retourna vers lui, les yeux agrandis d'effroi.

— Et alors ? Que se passera-t-il alors ? Certainement pas ce qu'il s'imagine, qu'ils vont l'accueillir en ambassadeur du peuple humain ! Il deviendra fou et disparaîtra comme les autres.

— Et nous avec...

Ils débouchèrent dans le secteur des silos d'habitation. Willoughby et Akins semblaient être retournés à la salle de *tracking*. Le silence était si total qu'il en faisait mal aux oreilles.

— Allons voir de ce côté, c'est le seul endroit qu'on n'ait pas fouillé, proposa-t-il, pressé d'en finir.

Elle hésita. Cette visite lui était un véritable supplice.

— Tu sais, on ne trouvera plus rien...

— Dieu t'entende ! Ce que je redoute, moi, c'est de retrouver *quelque chose !*

Un craquement bref les fit sauter en l'air.

Dans la salle de *tracking*, Willoughby ou Akins avaient dû essayer de rétablir l'interphone de la base.

Un peu pâle Phrya se suspendit au bras de Mills.

— Seigneur, j'ai cru entendre... J'ai eu une de ces trouilles !

Stanek Mills ne répondit rien. La sueur de l'angoisse roulait sur ses joues luisantes.

CHAPITRE XVI

Phrya ralentit progressivement l'allure et se retourna vers Mills, les yeux brillants d'une étrange joie un peu folle.

— Mon silo ! fit-elle en provoquant le soulèvement de l'écoutille. C'était là mon silo...

Ils y entrèrent tous deux et parcoururent des yeux le filet magnétique où, pour la première fois, elle s'était donnée à lui, la table de ionisation et les quelques très rares bibelots qu'elle avait emmenés avec elle. Quelques pièces de lingerie féminine traînaient encore près de la minuscule salle d'eau.

— Stan, tu te rappelles ?

Elle se frottait à lui comme une petite chatte tiède, peut-être pour chasser cette sorte d'angoisse qui n'avait cessé de l'étreindre depuis qu'elle avait remis les pieds dans cette catacombe.

— Oui, je me rappelle, c'était ici... pour la première fois. Ici même...

Etreints d'une étrange émotion, ils se retrouvèrent dans les bras l'un de l'autre. Après avoir échangé un regard intense il posa dans son cou un baiser qui la fit frémir tout entière.

— Oh ! Stan..., je n'aurai jamais imaginé revenir ici : surtout de cette manière...

Il ferma les yeux. Le corps ardent de la jeune femme plaquait au sien ; il sentait les ondes chaudes pénétrer ses reins et avait l'impression fugitive mais intense qu'il allait lui faire l'amour, là, comme la première fois, et que rien ne compterait plus pour eux, ni l'angoisse folle, ni le souvenir des drames vécus sur Hydraxos, ni le rire gluant de haine de Ragg...

Il la poussa doucement vers le filet magnétique. Elle noua les bras derrière sa nuque et écrasa ses seins sur son torse ressentant visiblement le même désir frénétique d'oublier.

— Stan ! cria-t-elle en le repoussant brutalement... Non !

Il se sépara d'elle, interloqué.

Alors il eut l'impression que tout le sang se retirait de son visage. Blême, il vit l'écoutille *se relever doucement.*

Or il savait que Willoughby en compagnie d'Akins étaient prudemment restés à la salle de tracking. Et du reste aucun des deux hommes ne pouvait savoir qu'ils étaient entrés dans ce silo-là plutôt qu'un autre. Ni même à quel niveau du sous-sol de Cyclops ils étaient descendus.

— Stan ! s'étrangla-t-elle. Regarde : deux pieds...

Sous la plaque de métal bleutée qui se relevait avec son chuintement doux, deux jambes apparaissaient graduellement suivies d'une taille et d'une poitrine prise dans un justaucorps marron à pectoral jaune vif.

Bender ! Le visage entouré comme un casque de ses cheveux blancs, le vieil homme venait de se dévoiler.

— Monsieur..., articula Mills d'une voix qui n'était plus la sienne.

Dressée au centre de la petite pièce, Phrya oscillait sur place.

— Vous !

Les jambes flageolantes, faisant un effort surhumain pour maîtriser la panique qui le gagnait de seconde en seconde, Mills avança d'un pas.

— Monsieur..., souffla-t-il encore...

Mais Bender ne bougeait pas. Il ne le regardait même pas. Son visage avait une fixité absolue, ses paupières ne papillotaient pas. On aurait dit son faciès littéralement sculpté dans le marbre.

Lorsque Mills changea de place, Bender lui fit face. *Sans avoir bougé.*

Alors Mills se précipita dans la coursive. Atterré, il discerna toute la perspective rectiligne éclairée de place en place par les floods plafonniers.

Et la lumière de ces floods traversait le corps du vieux Bender.

— Phrya ! Phrya ! hoqueta-t-il. C'est comme une holographie !

— Un... un reflet qui bouge alors !

Muets de saisissement, ils virent le vieux Bender lever par saccades irrégulières son bras artificiel vers le hublot triangulaire.

— Il montre quelque chose, il veut nous dire quelque chose.

Mills coula un regard effrayé vers le petit hublot mais ne découvrit rien, rien que les molles ondulations de la poussière stellaire à perte de vue. Et plus loin, considérablement plus loin Cygnus et la voûte étoilée.

— Tirons-nous d'ici, chuchota-t-il, viens vite ! On est en train de devenir fous...

Réprimant un mouvement de panique, la jeune femme se courba pour passer sous le bras tendu et fit un saut de biche jusqu'à son compagnon.

— Vite ! Rejoignons Willoughby ! Filons d'ici avant que la mort ne nous tombe dessus...

Ils coururent comme des perdus et Mills, en se retournant au bout de la coursive, vit que l'effrayante apparition conservait toujours la même position.

Ils débouchèrent comme deux projectiles dans la salle de *tracking*.

— Rien ne fonctionne plus, gémissait Willoughby désolé... Alors je suppose que vous n'avez rien trouvé ?

L'homme du Suprême Conseil se tut net devant la mine épouvantée de Mills et de Phrya. Akins, qui cherchait à pénétrer le secret des écrans silencieux se retourna, interloqué.

— Eh bien, qu'est-ce qui vous arrive ?

— On... on a vu Bender, articula Mills d'une voix rauque.

— Il est là ? tressaillit Willoughby en sautant sur ses courtes jambes.

— Eh bien... eh bien ce n'est pas vraiment lui, Excellence.

— Vous voulez dire qu'il est mort ?

— Je... Eh bien, je...

— Là ! Là ! Stan, viens voir ça !

Pétrifiée, Phrya désignait un des grands hublots ovales. Mills la rejoignit en deux bonds rapides et écrasa son visage contre le lympar glacé.

Pavel-Polov se trouvait à l'extérieur et regardait dans leur direction. Pavel-Polov avec son grand corps maigre flottait dans un justaucorps encore trop grand pour lui. Un simple justaucorps de tissu *dans le vide galactique...*

Pavel-Polov dont le bras se levait lentement et montrait le fourmillement des étoiles.

— Prodigieux ! Prodigieux ! s'exclama Willoughby... Ils nous annoncent qu' « *Ils* » arrivent.

Qui est cet homme ?

— Il s'appelle... il s'appelait Pavel-Polov... C'était un de nos techniciens des antennes de *tracking*.

— Dehors, sans scaphandre dans le vide absolu, souffla Akins.

— Ce qui prouve bien que ce n'est qu'une image... une image terrifiante bredouilla Phrya, éperdue.

— Hors du temps ! Pavel est hors du temps ! lâcha Mills, sidéré.

— Mais que nous montre-t-il ?

— Les étoiles ! Les étoiles, je ne vois rien d'autre.

— Il veut nous dire que les Inconnus viennent des étoiles ?

— Qui peut savoir...

Le cri dans leur dos les fit se retourner d'un bloc. Alors ils sentirent leur estomac se transformer en plomb.

Haller, Haller le colosse, venait d'apparaître, effondré sur un des sièges de la salle de tracking ; un de ses bras pendait par terre et son visage reposait sur un pupitre de commande fracassé.

Tous firent silencieusement cercle autour de lui, réprimant leur terreur.

L'écran avait autrefois volé en éclats ainsi que tous les autres autour. Le colosse présentait les stigmates de la mort clinique : teint de cire, lèvres blanchies, narines pincées, yeux révulsés...

— Mais pourquoi ? Mais pourquoi ? Tout cela n'a aucun sens, se lamenta Willoughby qui en oubliait de frotter l'une contre l'autre ses mains grassouillettes.

— Est-ce que vous ne voyez pas que nous sommes tous en train de devenir fous ? hurla tout à coup Phrya, hystérique.

— Mais non ! Nous voyons tous la même chose

en même temps, ce n'est donc pas une hallucination, réfuta Willoughby qui semblait faire preuve d'un curieux sang-froid en de telles circonstances.

Stan Mills secouait la tête; il retourna au hublot observer la forme laiteuse de Pavel-Polov. Celui-ci s'était rapproché. Suffisamment pour qu'on puisse voir son visage. Un visage fou d'angoisse lui aussi. Mais pourquoi ?

Willoughby murmura, plein de certitude :

— Ils veulent nous faire comprendre que l'un de vos compagnons, Haller, est mort, et que les autres ont pris la route des étoiles...

— Il y a des milliards d'étoiles, rappela Phrya.

Alors Stanek Mills se retourna face à Willoughby. Il avait l'impression qu'il avait atteint l'instant précis où il allait céder à la panique.

— Ecoutez ! Ecoutez tous et cessez de rêver... Bender nous montrait un hublot pour nous dire de regarder dehors... Et Pavel-Polov nous montre la route des étoiles pour nous dire de partir. Et tout de suite. Sans attendre. Car Haller symbolise notre mort à tous si nous restons ici auprès de ces écrans !

Il marqua un temps de silence effrayé avant d'ajouter :

— Ils sont tous passés dans une autre dimension... une dimension que nous n'atteindrons jamais !

Brusquement, il se jeta sur Phrya et l'entraîna de force vers le plan incliné qui menait au souterrain.

Akins, terrorisé, démarra en flèche avec une demi-seconde de retard.

Willoughby, resté de marbre, entendit encore tous les échos de l'ancienne base répété à l'infini : « ... Une dimension que nous n'atteindrons jamais... jamais... jamais... »

Alors brusquement il prit conscience de sa solitude et fonça à son tour vers le tunnel, toute honte bue.

— Vous vous trompez ! Vous vous trompez ! criait-il dans la base morte... Ces apparitions...

Il eut tout juste le temps en débouchant dans le tunnel de voir les jambes de Phrya disparaître dans le puits incliné de la ventouse.

Terrifiant, un avertisseur d'incendie se mit soudain à pousser son mugissement sinistre dans la base *où rien ne fonctionnait plus.*

— Ils voulaient seulement nous dire qu'ils étaient partis vers les étoiles... c'est tout ! cria-t-il, essoufflé. C'était le premier message... *Le premier message !...*

Il arrivait au niveau de la ventouse lorsque Mills rétorqua :

— Le cadavre de Haller ! Savez-vous où il était le cadavre de Haller ?

Hors d'haleine, Willoughby commença à escalader les barreaux d'acier de l'escalier enchâssé dans le puits de descente.

Comme il ne répondait pas, Mills précisa :

— Près du chronodateur ! Et ça n'a jamais été sa place ! Haller était un technicien des antennes.

— Et alors ?

— Alors il travaillait en « extérieur ». Venez... venez vite, Excellence... La proximité de ce chronodateur nous avertissait que le temps nous était compté ; il fallait faire vite...

— Mais pourquoi ?

— Nous ne le saurons jamais. Peut-être parce qu'ils vont revenir.

— Mais justement...

Willoughby, à demi défaillant, s'abattit sur son siège tandis qu'Akins verrouillait précipitamment le panneau de soute.

— Cessez de vous faire des illusions, déclara

Mills, élevant la voix pour dominer le bruit de la centrale inertielle qui redémarrait, Irkham a peut-être menti, mais vous vous faites des illusions en vous imaginant que ces Inconnus cherchaient à prendre contact avec l'humanité... En fait, ils repoussent ce contact tout comme nous ! La seule chose qu'ils veulent, c'est tout savoir de nous à certaines périodes de notre histoire, c'est tout !

Le *shuttle* vibra intensément tandis que la ventouse s'escamotait avant d'être pulvérisée par l'haleine de forge des six tuyères.

— Vous vous trompez, Mills, je suis sûr que vous vous trompez ! C'étaient les premières manifestations, comprenez-vous ? Les premières manifestations... Eux allaient revenir après, dans leur vaisseau pyramide.

Le *shuttle* décolla brutalement, se souleva de trois ou quatre mètres, partit en biais pendant quelques secondes, le temps qu'Akins mette à « rattraper » la trajectoire et commença à accélérer de plus en plus intensément vers le cosmos.

— En dépit de tout le respect que je vous dois, Excellence, vous êtes le seul à soutenir cette hypothèse... Mais moi j'en ai une autre aussi !

Stan Mills, sous l'effet de l'accélération, avait l'impression de peser dix tonnes.

— Ils pouvaient vouloir dire qu'ils étaient partis vers les étoiles avec nos compagnons et que c'était la mort qui nous attendait si nous restions dans Cyclops. Ils ne veulent pas de contact, Excellence. Pas plus que nous...

Willoughby, qui respirait péniblement en raison de l'accélération, resta pensif.

C'est alors que Phrya, qui regardait par la fente-hublot la forme ronde et hérissée d'antennes du blockhaus s'éloigner en même temps que les cratères de Cygnus-III, poussa un cri :

— Regardez ! Regardez ça !

De la base ne subsistait qu'une fantastique boule de feu aussi éblouissante que mille soleils, une sphère de lumière qui allait s'enflant de seconde en seconde.

— Par les hydres de Talmos ! souffla Mills, ils ont...

Il n'y avait plus qu'un Niagara de flammes, un océan de lumière chatoyante, une débauche de flashes de mort qui annonçaient la bête de l'Apocalypse.

— La station ! La station ! La station ! soliloquait Willoughby atterré.

Brusquement tout s'éteignit. Mills, qui s'était voilé les yeux trop tard, vit simplement flamboyer ce qui restait du sol vitrifié là où s'était élevé Cyclops, là où il avait vécu avec ses compagnons, là où il avait connu Phrya...

A moitié aveuglé à cause de l'éblouissement, il se retourna à tâtons vers Willoughby :

— Ils avaient raison, Excellence ; rappelez-vous : le chronodateur ! Ils ont détruit la base !

— Qui ça « ils » ? murmura Willoughby qui conservait un calme effrayant.

— Eux... les Inconnus, bien sûr, ils ne veulent pas de contact !

— Pas eux, Mills. *Nous !*

— Nous, Excellence ? s'étrangla Phrya qui recommençait à entrevoir Willoughby en dépit de ses yeux blessés.

— Oui, nous : le Head Galactic Council. Pas de contact ! Pas de contact ! Surtout ne pas prouver qu'Irkham avait menti... La Vérité Officielle avant tout !

Le *shuttle* cessa enfin d'accélérer. En orbite basse autour de Cygnus, Akins commença à essayer de localiser la radiobalise du « Marauder ».

Willoughby contempla le cratère rougeoyant dont les couleurs à la fois merveilleuses et terrifiantes, celles de l'enfer nucléaire, s'assombrissaient de seconde en seconde.

— Mills, il y a peu de temps encore vous étiez deux parias et vous vous êtes échappés de Cyclops !

— Oui, Excellence.

— Eh bien ! maintenant nous sommes trois !

Mills tourna la tête vers Phrya. Celle-ci, le visage enfoui dans ses mains, ne bougeait pas. L'immense globe de Cygnus les écrasait de toute sa masse et ses monstrueux cyclones semblaient des hydres infernales qui déroulaient leurs mortels anneaux à n'en plus finir.

— Non ! cria-t-il, abasourdi.

Tous se retournèrent, interloqués.

En justaucorps jaune safran, le vieux Bender se tenait debout au fond de la soute, Bender dont la taille semblait avoir démesurément augmenté. Curieusement on apercevait les derniers sièges *au travers* du vieil homme.

— Bender... lâcha Mills... Bender...

Celui-ci replia alors doucement son bras droit avec un geste d'une raideur d'automate : sa main remonta à hauteur de sa bouche violette, crispée sur un sourire qui n'en était pas vraiment un.

— Le silence !... Il nous ordonne le silence..., articula Phrya.

A cet instant la silhouette devint diaphane et disparut sur un ultime sourire du vieil homme.

— Oui, le silence, soupira Willoughby... Le silence éternel...

Et il ajouta :

— Irkham avait raison... Il est des secrets qu'il est mortel de vouloir approcher... Voilà pourquoi Irkham *avait raison de mentir !*

DÉJA PARUS DANS LA MÊME COLLECTION

1396.	*Ordinator-Ocularis*	André Caroff
1397.	*Ceux de la Montagne-de-Fer*	Maurice Limat
1398.	*Le temple du dieu Mazon (Chroniques de la Lune Rouge-2)*	Alain Paris et Jean-Pierre Fontana
1399.	*Rempart des naufrageurs (Cycle des Ouragans-1)*	Serge Brussolo
1400.	*Les acteurs programmés*	M.-A. Rayjean
1401.	*Putsch galactique*	Pierre Barbet
1402.	*Lumière d'abîme*	Michel Honaker
1403.	*L'Ange du désert*	Michel Pagel
1404.	*Ordinator-Craignos*	André Caroff
1405.	*L'ampoule de cendres (La Compagnie des Glaces-24)*	G.-J. Arnaud
1406.	*Roulette russe*	Daridjana
1407.	*Sur qui veillent les Achachilas (Chronique des temps à venir-11)*	Jean-Louis Le May
1408.	*La marque des Antarcidès (Chroniques d'Antarcie-1)*	Alain Paris
1409.	*Pour une dent, toute la gueule*	G. Morris
1410.	*Le volcan des sirènes*	Gilbert Picard
1411.	*Cadavres à tout faire*	Richard Bessière
1412.	*Babel bluff*	Christopher Stork
1413.	*Les visiteurs du passé*	K.-H. Scheer
1414.	*Abattoir-Opéra (Cycle des ouragans-2)*	Serge Brussolo
1415.	*La semaine carnivore (Le cycle des insectes-3)*	Th. Cryde
1416.	*Feu sur tout ce qui bouge !*	G. Morris
1417.	*L'enfant de l'espace*	Christopher Stork
1418.	*Ordinator-Rapidos*	André Caroff
1419.	*Le clan du brouillard (Chroniques de la Lune Rouge-3)*	Alain Paris & Jean-Pierre Fontana
1420.	*Solstice de fer (Khanaor-1)*	Francis Berthelot
1421.	*Wân, l'iconoclaste*	Maurice Limat
1422.	*La mémoire totale* **	Claude Ecken
1423.	*Retour en avant*	G. Morris
1424.	*Naufrage sur une chaise électrique (Le Cycle des Ouragans-3)*	Serge Brussolo

1425. *Quand souvenirs revenir, nous souffrir et mourir* Dagory
1426. *Les passagers du mirage*
(Chromagnon « Z »-3) Pierre Pelot
1427. *La piste du Sud* Thierry Lassalle
1428. *P.L.U.M. 66-50* Hugues Douriaux
1429. *Sahra (Contes et légendes du futur)* Jean-Louis Le May
1430. *Le fléau de la Galaxie* K.-H. Scheer et C. Darlton
1431. *Sun Company*
(La Compagnie des Glaces-25) G.-J. Arnaud
1432. *Demi-portion* Christopher Stork
1433. *Les flammes de la nuit*
(Première époque : Rowena) Michel Pagel
1434. *Soldat-Chien* Alain Paris
1435. *La guerre des loisirs* M.-A. Rayjean
1436. *Le diable soit avec nous !*
(Les pirates de l'espace-2) Philippe Randa
1437. *Le bricolo* P.-J. Hérault
1438. *Équinoxe de cendre*
(Khanaor-2) Francis Berthelot
1439. *La fleur pourpre*
(Service de Surveillance des Planètes Primitives-4)
Jean-Pierre Garen
1440. *Glaciation nucléaire* Pierre Barbet
1441. *Le chant du Vorkul* Michel Honaker
1442. *Que l'Éternité soit avec vous !* Louis Thirion
1443. *L'Heure Perdue* Guy Charmasson
1444. *Nitrabyl la Ténébreuse* K.-H. Scheer
1445. *Un pied sur Terre* G. Morris
1446. *Enfer vertical en approche rapide* Serge Brussolo
1447. *Poupée cassée* Jean Mazarin
1448. *Ils étaient une fois...* Christopher Stork
1449. *Les Sibériens*
(La Compagnie des Glaces-26) G.-J. Arnaud
1450. *Le feu du Vahad'Har* Gabriel Jan
1451. *La Jaune* Jean-Pierre Fontana
1452. *Les horreurs de la paix* G. Morris
1453. *Transfert* Gérard Delteil
1454. *O tuha' d et les chasseurs* Jean-Louis Le May
1455. *Le temps des rats* Louis Thirion
1456. *Ashermayam* Alain Paris
1457. *La ville d'acier*
(L'Ange du désert-2) Michel Pagel

1458. *La saga d'Arne Marsson*
(Pour nourrir le Soleil-1) Pierre Bameul
1459. *Psys contre Psys* Christopher Stork
1460. *Le clochard ferroviaire*
(La Compagnie des Glaces-27) G.-J. Arnaud
1461. *La barrière du crâne* G. Morris
1462. *Métamorphosa* Philippe Randa
1463. *Fou dans la tête de Nazi Jones...* Pierre Pelot
1464. *La colère des ténèbres* S. Brussolo
1465. *Khéoba-la-maudite* Maurice Limat
1466. *Les Vautours* Joël Houssin
1467. *Citéléem*
(Les Temps Binaires-1) M.-A. Rayjean
1468. *Les androïdes du désert*
(P.L.U.M. 66-50-Deuxième épisode) Hugues Douriaux
1469. *Les Conquérants Immobiles*
(Chromagnon « Z »-4) Pierre Pelot
1470. *Opération Bacchus*
(Service de Surveillance
des Planètes Primitives-5) J.-P. Garen
1471. *Les Combattants des abysses*
(Le volcan des sirènes-2) Gilbert Picard
1472. *Eridan VII* Frank Dartal
1473. *Le miroir du molkex* K.-H. Scheer et Clark Darlton
1474. *Le sphinx des nuages* Maurice Limat
1475. *Danger, parking miné !* Serge Brussolo
1476. *De purs esprits...* Christopher Stork
1477. *Les wagons-mémoires*
(La Compagnie des Glaces-28) G.-J. Arnaud
1478. *Objectif : surhomme* G. Morris
1479. *Tragédie musicale* Hugues Douriaux
1480. *« Reich »* Alain Paris
1481. *En direct d'ailleurs* G. Morris
1482. *Mémoires d'un épouvantail blessé au combat* Pierre Pelot
1483. *La croisade des assassins*
(Cycle Setni-Enquêteur Temporel-7) Pierre Barbet
1484. *Les hommes-lézards*
(Les Ravisseurs d'Eternité-3) A. Paris & J.-P. Fontana
1485. *Don Quichotte II* C. Stork
1486. *Le rêve et l'assassin* Sylviane Corgiat
(Le jeu de la trame-1) & Bruno Lecigne
1487. *Rébellion sur Euhja* K.-H. Scheer & C. Darlton

1488.	*La piste des écorchés*	G. Morris
1489.	*Le choix des Destins* *(Pour nourrir le Soleil-2)*	Pierre Bameul
1490.	*Mausolée pour une locomotive* *(La Compagnie des Glaces-29)*	G.-J. Arnaud
1491.	*Catacombes*	Serge Brussolo
1492.	*Le gladiateur de Venusia* *(Service de Surveillance* *des Planètes Primitives-6)*	Jean-Pierre Garen
1493.	*Le Fou* *(Les flammes de la nuit-2)*	Michel Pagel
1494.	*Cacophonie du Nouveau Monde*	Gabriel Jan
1495.	*Observation du virus* *en temps de paix*	Pierre Pelot
1496.	*Le Rêve du Vorkul*	Michel Honaker
1497.	*Et la pluie tomba sur Mars*	Maurice Limat
1498.	*L'agonie des hommes*	G. Morris
1499.	*Le raid infernal*	P.-J. Hérault
1500.	*L'endroit bleu*	Th. Cryde
1501.	*Contretemps*	Christopher Stork
1502.	*L'ombre des Antarcidès* *(Chroniques d'Antarcie-2)*	Alain Paris
1503.	*Dans le ventre d'une légende* *(La Compagnie des Glaces-30)*	G.-J. Arnaud
1504.	*La métamorphose du molkex*	K.-H. Scheer et Clark Darlton
1505.	*Temps changeants* *(Cycle Alex Courville-7)*	Pierre Barbet
1506.	*Le programme Troisième Guerre mondiale*	S. Corgiat et B. Lecigne
1507.	*Le viol du dieu Ptah* *(Les Akantor-1)*	Phil Laramie
1508.	*Ultime solution...*	Piet Legay
1509.	*Accident temporel*	Louis Thirion
1510.	*Un homme est venu...* *(Le monde d'après-1)*	Hugues Douriaux
1511.	*Le dragon de Wilk* *(Service de Surveillance* *des Planètes Primitives-7)*	J.-P. Garen
1512.	*Par le sabre des Zinjas*	Roger Facon
1513.	*Les Cavaliers Dorés* *(Les Flammes de la nuit-3)*	Michel Pagel

1514. *U.S. go home... go, go !* Philippe Randa
1515. *La cité des Hommes-de-Fer* A. Paris & J.-P. Fontana
(Chroniques de la Lune Rouge-4)
1516. *Les échafaudages d'épouvante*
(La Compagnie des Glaces-31) G.-J. Arnaud
1517. *Docteur Squelette* Serge Brussolo
1518. *Défense spatiale* Pierre Barbet
1519. *Les naufragés du 14-18* K.-H. Scheer
1520. *Mortel contact*
(Les dossiers maudits-1) Piet Legay
1521. *L'univers en pièce*
(Chroniques télématiques-1) Claude Ecken
1522. *Le lit à baldaquin* Christopher Stork
1523. *Building* Michel Honaker
1524. *Cocons* Philippe Guy
1525. *La folle ruée des Akantor*
(Les Akantor-2) Phil Laramie
1526. *Le serpent de rubis* Maurice Limat
1527. *L'Araignée*
(Le Jeu de la Trame-2) S. Corgiat & B. Lecigne
1528. *Appelez-moi Einstein !* G. Morris
1529. *Les idées solubles*
(Les goulags mous-3) J. Mondoloni
1530. *Les êtres vagues* G. Morris
1531. *Un homme est venu... ***
Les errants Hugues Douriaux
1532. *Les guerrières de Lesban*
(Service de Surveillance
des Planètes Primitives-8) J.-P. Garen
1533. *Baroud pour le genre humain* Philippe Randa
1534. *EMO* Bruno Lecigne
1535. *Le réveil de la forteresse* K.-H. Scheer
1536. *Les ambulances du rêve*
(Animamea-1) Richard Canal
1537. *Opération « serrures carnivores »* Serge Brussolo
1538. *Le labyrinthe d'Eysal* K.-H. Scheer
et Clark Darlton
1539. *Les portes de l'Enfer*
(Les Dossiers Maudits-2) Piet Legay
1540. *La Famille* P.-J. Hérault
1541. *Les montagnes affamées*
(La Compagnie des Glaces-32) G.-J. Arnaud

1542.	*Le rideau de glace*	Alain Billy
1543.	*Je souffre pour vous...*	Christopher Stork
1544.	*L'Univers-Ombre*	Michel Jeury
1545.	*Lointaine Etoile*	Maurice Limat
1546.	*La longue errance*	G. Morris
1547.	*Captifs de Corvus (Cycle Alex Courville-8)*	Pierre Barbet
1548.	*Un homme est venu... *** Les guerriers*	Hugues Douriaux
1549.	*Le sceau des Antarcidès (Chroniques d'Antarcie-3)*	Alain Paris
1550.	*Les Sirènes d'Almadia (Les pirates de l'espace-3)*	Philippe Randa
1551.	*La nuit du venin*	Serge Brussolo
1552.	*La prodigieuse agonie (La Compagnie des Glaces-33)*	G.-J. Arnaud
1553.	*Alabama. Un. Neuf. Neuf. Six.*	Pierre Pelot
1554.	*La légende étoilée (Animamea-2)*	Richard Canal
1555.	*Le souffle de cristal (Le Jeu de la Trame-3)*	Sylviane Corgiat et Bruno Lecigne
1556.	*Une si jolie petite planète*	Christopher Stork
1557.	*Un temps pour la guerre*	Frank Dartal

VIENT DE PARAÎTRE :

Dan Dastier — *Le Sixième Symbiote*

A PARAÎTRE :

Pierre Pelot — *Sécession bis*

Achevé d'imprimer en juin 1987
sur les presses de l'Imprimerie Bussière
à Saint-Amand (Cher)

— N° d'impression : 1073. —
Dépôt légal : juillet 1987.
Imprimé en France

PUBLICATION MENSUELLE